1판 1쇄 인쇄 | 2008. 2. 15
1판 1쇄 발행 | 2008. 2. 20

지 은 이 | 쥘 르나르
옮 긴 이 | 연숙진
드 로 잉 | 유영국
펴 낸 이 | 박옥희
펴 낸 곳 | 도서출판 인디북

등 록 일 자 | 2000. 6. 22
등 록 번 호 | 제 10−1993호
주   소 | 서울시 마포구 용강동 469 하나빌딩 2층
전   화 | 02)3273-6895
팩   스 | 02)3273-6897
홈 페 이 지 | www.indebook.com

ISBN 978-89-5856-097-5 03860

홍당무

쥘 르나르 지음 | 연숙진 옮김

인디북

차례

· · · · · Poil · de · Carote

· · · · · Poil · de · Carotte

닭장

"뻔해, 오노린이 또 닭장 문 닫는 걸 깜박했을 거야!"

과연 르픽 부인의 말은 사실이었다. 창문을 통해 그것을 확인할 수 있었다. 너른 뜰 저쪽 닭장 지붕 위로 난 검고 네모진 문이 캄캄한 어둠 속에서 또렷한 윤곽을 드러내고 있었다.

"펠릭스, 네가 가서 닫고 올래?"

르픽 부인은 세 자녀 중 둘째이자 장남에게 말했다.

연약하고 게으른데다가 겁도 많은 펠릭스는 퉁명스럽게 대꾸했다.

"제가 암탉들이나 돌보려고 여기 있는 줄 아세요?"

"그럼, 에르네스틴, 네가 할래?"

"오! 저요? 엄마, 저는 너무 무서워요!"

형 펠릭스와 누나 에르네스틴은 겨우 고개를 들어 그렇게 대답할 뿐이었다. 둘은 탁자에 턱을 괴고 앉아 서로 머리를 맞대고서 열심히 책을 읽고 있었다.

"이런 세상에, 나도 바보지! 더 생각할 것도 없는 것을. 얘, 홍당무! 가서 닭장 문 닫고 와!"

르픽 부인은 머리색이 붉고 얼굴에 주근깨가 있다고 해서 막내아들을 그런 애칭으로 불렀다. 탁자 밑에서 마침 아무것도 하지 않고 있던 홍당무는 일어서면서 조심스럽게 말했다.

"하지만 엄마, 저도 무서워요."

그러자 르픽 부인은 이렇게 대꾸했다.

"뭐라고? 너처럼 다 큰 애가 무섭다고! 지나가던 개도 웃겠다. 자, 어서 갔다 오시죠!"

"홍당무가 숫염소처럼 용감하다는 건 세상 사람들이 다 알죠."

누나 에르네스틴이 말했다.

"홍당무는 무서운 게 없어요."

형 펠릭스도 거들었다.

이런 칭찬을 듣자 의기양양해진 홍당무는 그에 걸맞은 사람이 되지 못할까 두려워 벌써부터 속으로 소심한 자신과 싸우고 있었다. 결정적으로 그에게 용기를 북돋워 주려는 듯 홍당무의 어머니는 가지 않으면 뺨을 한 대 때리겠다고 위협했다.

"그럼, 불이라도 비춰 주세요."

홍당무가 말하자 르픽 부인은 관심 없다는 듯 어깨를 으쓱해 보였고, 펠릭스는 비웃듯 피식 웃었다. 동정심이 많은 에르네스틴만이 초를 들고 복도 끝까지 막내동생을 배웅해 주었다.

"여기서 기다릴게."

누나 에르네스틴이 말했다. 하지만 갑자기 돌풍이 일어 촛불이 흔들리면서 꺼지자, 겁을 먹고 후다닥 집 안으로 들어가 버렸다.

홍당무는 엉덩이가 딱딱하게 굳고 발도 땅에 박힌 것처럼 제자리에서 옴짝달싹 못한 채로 몸을 부르르 떨었다. 또 사방이 너무 깜깜해 장님이 된 것 같았고, 이따금 불어오는 광풍은 차가운 커튼처럼 그를 휘감아 어딘가로 날려 보낼 것만 같았다. 심지어 여우나 늑대가 자신의 손가락과 뺨에 입김을 불어 대는 것 같았다. 최선의 방법은 머리를 앞으로 들이밀고 어림으로 방향을 가늠한 다음, 어둠을 뚫고 닭장을 향해 돌진하는 거였다. 홍당무는 손으로 더듬거리며 닭장 문의 걸쇠를 찾았다. 그의 발소리에 놀란 암탉들이 횃대 위에서 꼬꼬댁거리며 요동을 쳤다. 홍당무는 암탉들에게 소리를 질렀다.

"조용히 좀 해라. 나야 나!"

홍당무는 닭장 문을 서둘러 닫고는 걸음아 나 살려라 도망치듯 뛰었다. 숨을 헐떡거리며 집 안으로 다시 들어왔을 때 그는 집 안의 온기와 환한 빛 속에서 뿌듯함을 느꼈다. 진흙 범벅에다 비에 젖어 무거워진 옷을 말끔하고 깃털처럼 가벼운 옷으로 바꿔 입은 듯했다. 그는 꼿꼿이 서서 미소를 지으며 득의양양해져 가족들로부터 축하의 말을 기대했다. 이제는 위험에서 벗어났지만 그동안 자신을 걱정했을 식구들의 표정을 살폈다.

하지만 형 펠릭스와 누나 에르네스틴은 아무 일도 없었다는 듯 묵묵히 계속해서 책을 읽고 있었고, 르픽 부인은 평상시와 다름없는 억양으로 이렇게 말했다.

"홍당무야, 네가 매일 저녁 닭장 문을 닫아야겠구나."

자고새

사냥에서 돌아온 르픽 씨는 여느 때처럼 탁자 위에 사냥
망태를 풀어놓았다. 망태 속에는 자고새 두 마리가 들어 있었다.
형 펠릭스는 벽에 매달린 석판 위에 그 개수를 기입했다. 그것이
그의 임무였다. 아이들 각자에게는 나름의 임무가 있었다. 누나
에르네스틴은 사냥감의 깃털을 뜯고 가죽을 벗기는 일을 맡았다.
홍당무의 경우는 특별한 임무를 부여받았는데, 그것은 부상당한
사냥감의 목숨을 완전히 끊어 버리는 일이었다. 홍당무가 이 일을
맡게 된 데에는 홍당무는 냉정하고 인정머리가 없다는 식구들의
판단이 한몫했다. 자고새 두 마리는 아직 살아 있는 듯 목을 움직
이며 요동을 쳤다.

르픽 부인 : 죽이지 않고 뭘 하고 있어?

홍당무 : 엄마, 저도 석판에 숫자 쓰는 일을 했으면 좋겠어요.

르픽 부인 : 너에겐 석판이 너무 높잖니.

홍당무 : 그럼, 깃털 뽑는 일도 좋은데…….

13

르픽 부인 : 그건 사내애가 할 일이 아니야.

하는 수 없이 홍당무는 자고새 두 마리를 양손으로 쥐었다. 그러자 르픽 부인은 친절하게도 어떻게 처치해야 하는지 일러 주었다.

"거기! 그래, 너도 알겠지만 목을 잡아야지. 그래, 깃털을 곧추세우고."

홍당무는 양손에 두 마리를 모두 잡고 등 뒤로 가져간 다음, 그의 특별 임무를 거행하기 시작했다.

르픽 씨 : 아니, 한 번에 두 마리씩이나! 세상에!

홍당무 : 그래야 빨리 끝내죠.

르픽 부인 : 여린 척하긴. 내심 즐기면서 뭘 그래.

자고새들의 저항도 만만치 않았다. 경련을 일으키며 파닥파닥 날갯짓을 해대며 깃털들을 사방으로 흩뿌렸다. 자고새들은 결코 죽을 것 같지 않았다. 옆에서 누가 도와주는 사람이라도 있었다면 보다 수월했을 것을. 혼자서 힘에 부치자, 홍당무는 양 무릎 사이에 자고새 두 마리를 끼고, 아무것도 보지 않으려고 고개는 위로 높이 쳐든 채 얼굴이 벌게졌다 하얘졌다 하면서 진땀을 흘리며 점점 더 세게 자고새들의 목을 조였다.

하지만 자고새들은 여전히 완강했다.

임무를 완수하고 말겠다는 일념으로 홍당무는 격앙되어 자고

새 두 마리의 다리를 붙잡고 거꾸로 세운 다음 자신의 신발 꼬투리에 머리를 세게 후려쳤다.

"오, 대단해! 정말 대단해!"

형 펠릭스와 누나 에르네스틴이 탄성을 질렀다.

"저런 불쌍한 짐승들! 내가 저들 처지였다면……. 아이고 생각만 해도 끔찍해라."

르픽 부인이 말했다.

한편, 르픽 씨는 숙련된 사냥꾼임에도 불구하고 구역질을 참지 못해 밖으로 뛰쳐나갔다.

"자! 됐어요."

죽은 자고새들을 탁자 위로 던지며 홍당무가 말했다.

르픽 부인은 자고새들을 이리 들춰 보고, 저리 들춰 보았다. 새들의 부서진 작은 두개골에서 피와 함께 골이 흘러나오고 있었다.

"웬만큼 했을 때 그만하라 할 걸……. 너무 지나쳐 저 꼴이 됐잖니."

그러자 형 펠릭스도 맞장구를 쳤다.

"하긴 다른 때보다 못한 게 사실이에요."

개가 꿈을 다…

르픽 씨와 누나 에르네스틴은 등잔불 아래서 턱을 괴고 앉아 한 사람은 신문을, 또 다른 한 사람은 책을 읽고 있었다. 한편 르픽 부인은 뜨개질을, 형 펠릭스는 난롯가에 바싹 붙어 앉아 불을 쬐고 있었고, 홍당무는 그냥 맨바닥에 앉아 이것저것 생각하고 있던 참이었다.

그런데 현관의 신발 흙 털개 밑에서 곤히 잠자고 있던 퓌람이 갑자기 으르렁대기 시작했다.

"쉿!"

르픽 씨가 조용히 하라는 신호를 보냈으나 퓌람은 더 크게 으르렁댔다.

"이 멍청아!"

이번엔 르픽 부인이 고함을 쳤다. 하지만 퓌람이 너무 갑작스레 짖어 대는 통에 모든 식구가 깜짝 놀랐다. 르픽 부인은 놀란 가슴을 손으로 쓸어내렸고, 르픽 씨는 입을 꽉 다문 채 개를 째려보았다. 형 펠릭스는 욕을 해댔으나 퓌람이 짖는 통에 무슨 소린지

통 들리지 않았다.

"조용히 해, 이 고약한 놈아! 좀 조용히 하라고!"

하지만 퓌람은 한층 더 짖어 댔다. 르픽 부인이 몇 차례 매질을 하고, 르픽 씨도 보고 있던 신문을 들고 몇 번을 때리다 이내 발길질을 했다. 그러자 퓌람은 매를 맞지 않으려고 마룻바닥에 코를 바짝 대고 엎드리면서 여전히 으르렁댔고, 화가 난 듯 신발 흙 털개에 주둥이를 부딪쳤다. 하도 짖어 대어 이제는 목까지 쉰 듯했다.

르픽 씨 가족들도 화가 나긴 마찬가지였다. 모두 일어서서 씩씩거리며 바닥에 엎드린 채 주인의 말을 듣지 않는 개를 쏘아보고 있었다.

그런데 창문들이 삐걱대고, 난로의 연통이 흔들리자 누나 에르네스틴이 무서운 듯 개처럼 낑낑대는 소리를 냈다.

그러자 홍당무는 아무도 시키지 않았는데도 무슨 일이 벌어졌는지 살펴보고 오겠다며 자리에서 일어나 현관문 쪽으로 향했다. 밖에는 부랑자 한 사람이 홍당무의 집 앞을 지나가고 있었다. 도둑질을 하고자 홍당무 집의 담장을 기어오르려 했던 게 아니라면, 아마도 늦은 귀가를 서두르며 조용히 지나가던 중이었을 것이다.

홍당무는 길고 어두운 복도를 따라 앞으로 걸어간 다음 현관문을 향해 손을 뻗었다. 빗장이 손에 잡히자 홍당무는 부딪치는 소리가 날 정도로 문고리를 거칠게 잡아당겼다. 하지만 문을 열지는 않았다.

예전 같았다면 문을 열고 밖으로 나가 휘파람을 불고 노래를 부르거나, 제자리에 서서 뜀뛰기를 하며 보이지도 않는 적을 위협하고자 무진 애를 썼을 것이다.

하지만 오늘은 잔머리를 굴렸다.

식구들이 집 안에서 홍당무가 충실한 경비직을 행하며 대범하게 집 안 구석구석을 살피고 집 주변을 돌고 있으리라 상상하고 있는 동안, 그는 식구들을 속인 채 문 뒤에 몸을 바짝 대고 서 있었다.

언젠가는 들통이 나겠지만 오래전부터 이 잔꾀가 먹혔다.

홍당무는 재채기와 기침이 나올까 애써 숨을 꾹 참았다. 그러다 문득 고개를 들어 위를 바라보자 온몸이 감전된 것처럼 굳어졌다. 문 위로 난 작은 창 밖으로 별 서너 개가 눈이 부시도록 영롱한 빛을 내며 반짝이고 있었기 때문이다.

하지만 이내 집 안으로 돌아갈 시간이 되었다. 장난을 너무 오래 하면 안 되는 법이다. 오래 끌면 곧 의심이 싹트기 때문이다.

다시금 홍당무는 그 가냘픈 손으로 무거운 빗장을 잡고 뒤흔들었다. 빗장은 녹슨 걸쇠 안에서 삐걱거렸고, 안으로 깊숙이 빗장을 밀어 넣자 요란한 소리가 났다. 이 소리에 식구들은 홍당무가 멀리까지 나갔다 돌아오는 중이며 임무를 완수했다고 여길 것이다. 홍당무는 갑자기 두려움이 엄습하여 등골이 오싹해지자, 그를 목이 빠지게 기다리고 있을 가족들을 안심시켜야 한다는 생각에 서둘러 뛰기 시작했다.

그런데 그가 자리를 비운 동안 언제 그랬냐는 듯 퓌람은 얌전해졌고, 가족들은 저마다 각자의 자리에서 평온한 모습이었다. 홍당무는 멋쩍은 듯 아무도 묻지 않았는데도 습관처럼 이렇게 말했다.

"개가 꿈을 꿨나 봐요."

악몽

홍당무는 가족 친지들이 싫었다. 그들이 집에 오면 홍당무는 침대를 그들에게 내어주고 엄마와 함께 자야 했기 때문이다. 그런데 홍당무는 낮에도 결점이 많긴 했지만 밤에는 코를 고는 큰 결점이 있었다. 하긴 그가 일부러 코를 고는지도 모를 일이었다.

한여름에도 냉기가 감도는 크고 차가운 방에 두 개의 침대가 놓여 있었다. 하나는 르픽 씨가 쓰는 침대이고, 또 다른 하나는 르픽 부인의 침대였다. 홍당무는 엄마 옆에서 잠을 자야 했는데, 실상은 잠을 자는 게 아니라 눈만 붙이는 거였다.

잠을 자기 전 홍당무는 이불 속에서 잔기침을 해 가며 목을 비우려 애썼다. 목에 뭔가가 차서 코를 고는 건지도 모르기 때문이었다. 이어 천천히 코로 숨을 들이쉬고 내쉬기를 반복하면서 코가 막힌 것이 아님을 확인했다. 그런 다음 절대로 너무 강하게 숨을 들이쉬고 내쉬기를 하지 않겠다는 강한 의지를 보이며 숨쉬는 연습도 했다.

하지만 그같은 노력은 아무 소용이 없었다. 이내 잠이 들면 홍당무는 곧바로 코를 골기 시작했다. 아주 맹렬하게!

그러면 르픽 부인이 홍당무의 엉덩이를, 그것도 살이 가장 많은 부위만을 골라 피가 나도록 손톱으로 꼬집었다.

홍당무가 비명을 지르자 르픽 씨가 자다가 놀라 깼다.

"무슨 일이야?"

"악몽을 꿨나 봐요."

르픽 부인은 그렇게 대답하며, 마치 자장가를 불러 주는 인디언 엄마처럼 콧노래를 부르며 흥얼거렸다.

큰 침대였지만 홍당무는 이마와 무릎이 닿을 정도로 벽에 바짝 붙어서 혹시라도 코를 골면 그 즉시 꼬집으러 날아올지도 모르는 엄마의 손톱을 막고자 양손으로 엉덩이를 가린 채 다시 잠을 청했다. 실상은 잠을 자는 것이 아니라 엄마 옆에 누워 눈만 붙이는 거였지만 말이다.

실례한 이야기

이 말을 해도 될지, 아니면 하지 말아야 할지 모르겠다. 다른 아이들이 순백의 깨끗한 몸과 마음으로 영세를 받을 나이에 홍당무는 불결한 아이로 남아 있었다. 다시 말해 그는 아직 대소변을 못 가렸다.

어느 날 밤에는 말할 엄두가 나지 않아 꾹 참았던 것이 문제가 되고 말았다. 허리를 세게 비틀어 가면서 참으면 진정될 거라 기대했다.

하지만 그건 한낱 바람에 지나지 않았다!

또 다른 밤에는 외진 곳에 있는 밭의 경계석에 대고 편안하게 일을 보는 꿈을 꾸었는데, 아니나 다를까 이불에다 그만 실례를 하고 말았다. 하지만 홍당무는 그것도 모른 채 잠만 잘도 잤다. 이튿날 아침에 깨어 곁에 있어야 할 돌이 없어 당황하고 말았지만 말이다.

그날따라 화를 낼 만도 한데, 르픽 부인은 꾹 참고 자애로운 어머니의 모습을 보이며 이불을 깨끗이 정리해 주는가 하면 홍당무를 위로하기까지 했다. 심지어 그 다음날 아침에는 응석받이 어린애인 양, 홍당무가 자리를 털고 일어나기도 전에 아침상을 받는 호사를 누리게 해 주었다.

르픽 부인은 정성이 가득 들어간 듯한 수프를 침대까지 들고
와서는 젓가락으로 휘휘 저어 주었다!

침대 머리맡에서 형 펠릭스와 누나 에르네스틴은 은밀한 눈빛을 주
고받으며 홍당무를 지켜보았고, 웃음을 터트릴 만반의 채비를 하고
있었다. 르픽 부인은 수저로 한 술 한 술 천천히 아들에게 수프를 떠먹
였는데, 곁눈질로 형 펠릭스와 누나 에르네스틴에게 이렇게 말했다.

'자! 준비들 해라!'

'네, 엄마!'

펠릭스와 에르네스틴은 홍당무가 인상을 잔뜩 찌푸릴 거라 예
상하며 즐거워했다. 이웃 사람들도 불렀으면 좋았겠다 싶었다.
마침내, 르픽 부인은 그들에게 마지막 눈짓을 보냈는데 이렇게 되
물어보는 것 같았다.

'준비들 됐지?'

이어 그녀는 마지막 남은 한 숟가락을 들어서는 크게 입을 벌
리고 있는 홍당무의 입속으로, 목구멍 깊숙이까지 쑤셔 넣었다.
그리고는 혐오스런 표정을 지으며 이렇게 말했다.

"야! 이 더러운 녀석아, 네가 뭘 먹은 줄 알고나 있니? 어젯밤
네가 싼 거라고."

"그런 것 같았어요."

홍당무는 모두의 기대와는 달리 덤덤한 표정으로 대답했다.

사실, 홍당무는 이미 그런 일에 익숙해 있었다. 뭔가에 익숙해
지면 하나도 이상할 게 없는 법이다.

요강

I

침대에서 한 번 이상 불행한 일을 겪은 터라 홍당무는 매일 밤마다 각별한 주의를 기울였다. 여름에는 쉬웠다. 아홉 시경 르픽 부인이 그만 자라는 신호를 보내면, 홍당무는 재깍 일어나 자청하여 밖에 나가 한바퀴를 돌며 볼일을 보았다. 그러면 밤새 내내 편안히 잠을 잘 수 있었다.

하지만 겨울에는 고역이 아닐 수 없었다. 날이 금세 어두워져 닭장 문을 닫고 나서 한 번 주의를 기울이는 것으로는 소용없었다. 그때부터 다음날 아침까지 죽 편안히 잠을 자리라는 보장이 없었다. 저녁을 먹고, 한참을 있다가 아홉 시 종이 울렸다. 겨울밤은 너무도 길어 내내 계속될 것만 같았다. 이때쯤 홍당무는 두 번째 주의를 기울여야 했다.

그런데 오늘밤, 홍당무는 여느 때처럼 잠자리에 들기 전에 확인하듯 혼잣말을 했다.

'마려운가? 안 마려운가?'

언제나 이에 대한 그 자신의 대답은 '마렵다.' 였다. 더 이상 볼 일을 뒤로 미룰 수 없어서 그럴 때도 있지만 달빛이 밝은 것을 보고 용기를 내서 밖으로 나갈 때도 있었다. 간혹 르픽 씨와 형 펠릭스가 시범을 보이기도 했다. 게다가 굳이 집에서 멀리까지 갈 필요도 없었다. 사방이 들판인지라 길가 도랑까지만 가면 됐다. 종종 홍당무는 계단 밑에서 해결을 했는데, 해결 장소는 매번 상황에 따라 달랐다.

하지만 오늘밤에는 비가 억수처럼 쏟아 붓고, 바람도 별빛을 꺼트릴 듯 불어 댔다. 들판을 바라보니 호두나무들도 성난 듯 온몸을 뒤틀고 있었다.

'잘 됐군. 별로 마렵지 않은 것 같아.'

홍당무는 한번 생각해 보고는 아무런 망설임 없이 그렇게 결론을 내렸다.

그는 모두에게 잘 자라는 인사를 하고 초에 불을 붙인 후, 복도를 지나 맨 끝 오른쪽 방으로 향했다. 침대 외에 가구 하나 없는, 외로운 홍당무의 방이다. 그는 옷을 갈아입고, 잠자리에 누워 르픽 부인의 방문을 기다렸다. 그러면 르픽 부인이 방으로 들어와 침대의 이불깃을 손가락으로 한 번 꾹 눌러 침대 가장자리에 집어넣고는 입으로 촛불을 훅 불어 껐다. 그리고 나서 성냥 없이 초만 달랑 놓고는, 홍당무가 겁이 많다며 밖에서 문을 잠그고 가 버렸다. 홍당무는 처음 얼마간 혼자가 되었다는 기쁨을 만끽했다. 그는 어둠 속에서 공상하는 것을 좋아했다. 낮의 일들을 떠올리며 아무 탈 없이 보낸 자신을 기특히게 여기며, 내일은 새로운 일이 생길 거라 상상해 보았다. 그리고 한 이틀 정도는 르픽 부인이 자신에게 관심을 꺼 줬으면 하는 은근한 기대를 하거나, 갖은 공상을 하며 잠을 청했다.

그런데 막상 눈을 감고 잠이 들려고 하자, 그에게 너무도 익숙한 불편함이 아랫배에서 전해져 왔다.

'이런, 난감하군.'

홍당무는 중얼거렸다.

다른 사람 같았다면 그 즉시 자리에서 일어나 요강을 찾았을 것이다. 하지만 홍당무는 침대 밑에 요강이 없다는 것을 알고 있었다. 르픽 부인은 맹세코 아니라 하겠지만, 늘 요강을 갖다 놓는 걸 까먹었다. 게다가 홍당무가 주의를 기울여 볼일을 보는데 그따위 요강이 무슨 필요가 있느냐고 말할 게 뻔했다.

홍당무는 자리에서 일어나는 대신, 곰곰이 속으로 따져 보는 중이었다.

'곧 항복해야겠지. 참을수록 더 마렵군. 한데 지금 쉬를 하면 양이 적을 테고, 체온에 이불이 마를 시간도 충분할 테고. 그리고 경험상 엄마는 전혀 눈치 채지 못할 거야.'

이렇게 홍당무는 스스로를 위로하며 아주 편안한 마음으로 눈을 감았다. 그리고 이내 상당량의 볼일을 보기 시작했다.

2

홍당무는 자다 말고 벌떡 일어나 불룩해진 아랫배를 살펴보았다.

"으악!!! 이런! 큰일 났네!"

그러나 곧 생각을 돌려 자신의 탓이 아니라고 생각했다. 재수가 없어도 한참 없는 것이다. 앞으로 닥칠 큰일에 비하면 어제 저녁 잠자기 전에 이불에다 실례를 한 것은 그냥 게을러서 저지른 사소한 실수에 불과했다. 진짜 형벌은 이제 막 시작이었다. 홍당무는 침대에서 일어나 앉아 이성적으로 생각해 보려 애썼다. 방문은 열쇠로 잠겨 있고, 창문에는 창살이 쳐져 있어 밖으로 나가는 것 자체가 불가능했다.

그럼에도 홍당무는 자리에서 일어나 방문과 창살을 일일이 더듬어 만져 보며 그 사실을 재차 확인했다.

그리고 바닥을 기어가 침대 밑에 손을 집어넣고, 없는 줄 아는 요강을 찾아 노를 젓듯 손을 휘저어 봤다.

그러고는 자리에 누웠다가 또다시 일어났다. 잠자는 것보다 몸을 움직이고, 걷고, 발을 구르는 편이 더 나은 것 같았다. 홍당무는 두 주먹으로 점점 부풀어 오르는 배를 움켜쥐고 눌렀다.

"엄마! 엄마!" 하고 맥없는 소리로 불러 보지만 이내 목소리가 들릴까 봐 두려워 그만두고 말았다. 르픽 부인이 갑자기 나타난다면, 멀쩡한 홍당무를 보고 거짓말쟁이라고 할 것이 분명했다. 그리고 내일 자신이 엄마를 부르긴 했다는 것이 결코 거짓말이 아님을 자신 있게 말하고자 그렇게 슬며시 불러 본 것이었다.

그리고 사실 크게 부를 힘도 없었다. 곧 도래할 재앙을 지연시키느라, 그러니까 몹시도 마려운 것을 참느라 온몸에 식은땀이 다 날 정도였다.

이내 극도의 고통이 홍당무를 죄어 왔다. 더 이상 참기 힘들어지자 홍당무는 공처럼 벽에 몸을 부딪쳤다 튕겨 나왔다. 이번에는 침대의 철제 기둥에, 이번에는 의자에 그리고 벽난로에 몸을 한 번씩 부딪쳤다. 도저히 못 참겠다는 듯 벽난로 앞에 놓인 바람조절용 철판을 맹렬히 들어 올려, 벽난로 장작 받침쇠 사이에서 몸을 비비 꼬다가 그만 항복한 듯 털썩 주저앉고 말았다. 마침내 홍당무는 속이 후련한 듯 더할 나위 없는 행복감에 빠져들었다.

벽난로의 불이 꺼지자 방 안의 어둠은 한층 짙어져 갔다.

3

홍당무는 새벽녘에야 겨우 잠이 들었다. 이 때문에 르픽 부인이 방문을 열 때까지도 계속 자고 있었다. 방에 들어서자마자 르픽 부인은 사방에 코를 대고 킁킁거리며 무슨 냄새를 맡은 듯 인상을 잔뜩 찌푸렸다.

"이 무슨 이상한 냄새야!"

"엄마, 잘 주무셨어요?"

홍당무가 아침인사를 했다.

르픽 부인은 홍당무가 덮고 자던 이불을 뺏듯이 잡아당겼다.

그리고 방 구석구석을 킁킁거리며 샅샅이 냄새를 맡고, 마침내 그 이상한 냄새의 진원지를 찾아냈다.

"몸이 아팠어요. 그런데 요강도 없지 뭐예요."

홍당무는 최상의 방어라는 생각에 서둘러 그렇게 말했다.

"거짓말쟁이! 거짓말쟁이!"

그렇게 말하며 르픽 부인은 방을 나가더니 요강을 감춰서 들고 들어왔다. 그리고는 홍당무에게 서 있으라고 겁을 주면서 한 손으로는 민첩하게 요강을 침대 밑으로 밀어 넣었다. 그런 다음 가족에게 이리 와서 좀 보라며 소리쳐 부르고 외치듯 한탄하기 시작했다.

"아이고! 내가 무슨 죄를 그리 많이 지어서 저런 애를 낳았을 꼬?"

그리고 수선을 떨며 걸레와 물이 가득 든 양동이를 들고 와 벽난로에 불이라도 난 듯 쏟아 부어 물바다를 만들었다. 그리고 침구를 흔들어 털어 가며 환기를 시켜야 한다고 난리법석을 떨었다.

그런가 싶더니만 이번엔 홍당무의 코앞에다 대고 손가락질을 하며 이렇게 말했다.

"이 웬수야! 상식도 없니? 그렇게 짐승 같은 짓을 하다니! 짐승도 요강을 주면 쓸 줄은 안다. 그런데 넌 벽난로 속에서 뭉갤 생각이나 하고. 뻔해! 날 완전히 바보로 만들려고 작정한 거지! 아이고! 내가 미쳐 죽어! 미쳐 죽어!"

홍당무는 맨발에 셔츠 바람으로 멍하니 요강을 바라보았다. 어젯밤에는 분명 요강이 없었는데, 지금은 저렇게 침대 밑에 놓여 있다니! 속이 텅 빈 흰색의 요강을 보자, 홍당무는 장님이 된 듯 눈앞이 캄캄했다. 전혀 보지 못했다고 계속 고집한다면 뻔뻔스런 놈이 될 것이 뻔했다.

눈앞에 벌어진 일을 보고 난감해하는 가족들 옆으로, 무슨 구경이라도 난 듯 줄지어 서서 빈정대는 이웃들과 방금 전에 도착한 우체부는 홍당무에게 귀찮을 정도로 갖은 질문을 퍼부어 댔다. 홍당무는 여전히 요강에서 눈을 떼지 못한 채 이런 말로 대답을 대신했다.

"맹세코, 전 아무것도 몰라요. 알아서들 생각하세요."

토끼

"네게 줄 멜론은 없다. 더군다나 넌 나처럼 멜론을 좋아하지
도 않잖니."

르픽 부인이 말했다.

'그렇겠죠.'

홍당무가 혼잣말을 했다.

홍당무는 좋아하는 음식과 싫어하는 음식까지도 강요를 받았
다. 원칙적으로 엄마가 좋아하는 것만을 좋아해야 했다. 치즈가
나오자 르픽 부인은 마찬가지로 말했다.

"홍당무는 먹지 않을 게 뻔해요."

홍당무는 속으로 생각했다.

'엄마가 저렇게 말하면 먹으려 해도 소용이 없지.'

더욱이 홍당무는 그런 시도 자체가 매우 위험하다는 것을 익히
알고 있었다.

그리고 엄마의 유별난 비위를 잘 맞추면, 남은 음식들을 들고
혼자만 아는 장소로 가서 맘껏 음미할 시간이 있었다. 후식이 끝

나자, 르픽 부인은 홍당무에게 이렇게 말하며 접시를 내밀었다.

"이 멜론 조각들을 토끼들에게 가져다줘라."

홍당무는 접시에 든 것을 하나도 쏟지 않으려는 듯 접시를 수평으로 들고 조심조심 종종걸음으로 나갔다.

홍당무가 토끼장 문을 열고 안으로 들어가자, 토끼들은 그를 반기듯 주변으로 몰려들었다. 떠들썩한 소리를 내는가 하면, 귀를 쫑긋 세우고, 코를 벌렁거리며 북을 치기라도 하려는 듯 뻣뻣한 앞발을 내밀었다.

"오! 기다려! 잠깐만! 나눠 먹자구!"

개쑥갓 뿌리와 배추 속, 접시꽃잎 등의 토끼 모이와 토끼 똥이 한데 뒤섞여 쌓인 더미에 앉아, 홍당무는 토끼들에게는 멜론 씨를 주고 자신은 그 즙을 마셨다. 달콤한 포도주처럼 맛있었다.

그리고 가족들이 먹다 남긴 멜론에서 달고 노란 부위는 먹을 수 있는 데까지 갉아먹고, 맛없는 초록 부위만 둥글게 모여 앉아 눈 빠지게 기다리는 토끼들에게 건넸다.

작은 토끼장 문은 닫혀 있었다.

오후의 나른한 햇살이 천장의 뚫린 구멍들 틈으로 밀려 들어와, 서늘한 그늘 속에 발을 담그고 있었다.

# 곡괭이

형 펠릭스와 홍당무는 나란히 간벌 작업을 했다. 각자 자기 곡괭이를 들고서. 형 펠릭스의 것은 대장장이가 정확한 치수를 재어 만든 철제 곡괭이다. 반면 홍당무의 것은 홍당무가 직접 만든 나무 곡괭이다. 형제는 자기가 맡은 일을 누가 더 빨리 하나 열띤 경쟁을 벌였다. 그런데 거의 다 끝내 갈 무렵(언제나 불행은 꼭 이 순간에 찾아오기 마련이지만.) 갑자기 홍당무의 이마를 향해 형의 곡괭이가 날아와 꽂혔다.

잠시 후 홍당무가 아니라, 동생의 이마에 흐르는 피를 보고 쓰러진 형 펠릭스를 조심스럽게 침대에 옮겨 눕혀야 했다! 온 가족이 펠릭스의 침대맡에 바싹 붙어 서서 근심스러운 듯 한숨을 내쉬었다.

"소금 좀 가져와라."

"아들, 찬물을 좀 마셔요. 그래야 정신이 든단다."

홍당무는 어른들의 머리와 어깨 너머로 형을 보고자 의자를 밟고 올라갔다. 이마에 감은 붕대는 이미 피에 젖어 흥건했고, 피가 새어 나와 밑으로 한참이나 흐르고 있었다.

르픽 씨가 홍당무에게 말했다.

"너 단단히 혼이 났구나!"

누나 에르네스틴이 이마에 붕대를 감아 주며 이렇게 말했다.

"버터처럼 푹 파였네."

홍당무는 아파도 소리 지르지 않았다. 그래 봤자 아무 소용이 없다고 누군가로부터 주의를 받았기 때문이다.

한편, 침대에 누워 있던 형 펠릭스는 양쪽 눈을 번갈아 치켜 떴다. 혈색이 차츰 돌아오는 것을 보니 잠시 불안과 두려움에 심적 충격을 받은 것 외에 멀쩡한 듯했다.

그럼에도 르픽 부인은 홍당무에게 모든 탓을 돌렸다.

"항상 그 모양이야! 이 멍청아, 좀 조심할 수 없니!"

 **엽총**

르픽 씨가 두 아들에게 말했다.

"너희 둘에게 이 엽총 한 자루면 충분하겠지. 사이좋은 형제는 모든 걸 나눠 쓰니까."

"네, 아빠. 번갈아 가며 쓸게요. 홍당무가 주로 쓰고 저는 가끔 빌리면 돼요."

형 펠릭스가 아무 문제가 없다는 듯 자신 있게 대답했다.

홍당무는 긍정도 부정도 하지 않았다. 형의 말을 별로 믿지 않기 때문이었다.

르픽 씨는 초록색 총갑에서 엽총을 꺼내며 이렇게 물었다.

"누가 먼저 총을 잡을래? 찬물도 위아래가 있으니까 형이 먼저 해야겠지?"

형 펠릭스 : 제가 양보할게요. 홍당무가 먼저 쓰도록 하세요.

르픽 씨 : 펠릭스, 너 오늘 아침엔 꽤나 형답구나. 내 기억해 두마.

르픽 씨는 홍당무의 어깨에 엽총을 둘러메 주었다.

르픽 씨 : 자, 얘들아, 서로 싸우지 말고 즐기면서 놀아야 된다.

홍당무 : 개를 데려갈까요?

르픽 씨 : 필요 없어. 너희들이 번갈아 가며 사냥개 역할을 할 테니까. 게다가 너희 같은 사냥꾼들이 총을 쏘면, 상처만 입히는 게 아니라 그 자리에서 즉사시키고 말잖니.

홍당무와 형 펠릭스는 집에서 꽤 멀리 나왔다. 형제의 복장은 여느 때와 별반 다를 바 없었다. 장화를 신고 오지 않은 것이 후회가 됐지만, 아버지는 진정한 사냥꾼은 복장 같은 것은 신경 쓰지 않는다고 힘주어 말씀하시곤 했다. 진정한 사냥꾼은 바지를 발뒤꿈치까지 내려오게 입고, 결코 걷어 올리지 않는다고. 그렇게 입고 진창 속도 걸어 다니고, 밭도 걸어 다닌다고. 그러면서 바지에 묻은 진흙이 굳으면 무릎까지 오는 단단한 천연산 장화가 생겨난다고. 나중에 사냥에서 돌아와 하녀에게 빨래를 맡기면서도 각별히 주의해 다루라고 지시할 정도였다.

"넌 빈손으로 돌아가진 않을 거야."

형 펠릭스가 말했다.

"나도 그랬으면 좋겠어, 형."

홍당무는 땀 때문에 쇄골이 간지러워지자, 그때까지 어깨에 단단히 붙여 메던 엽총의 개머리판을 내려놓았다.

"어라? 실컷 메고 있으라니까!"

"역시 형이야."

홍당무가 말했다.

그때 한 무리의 참새 떼가 하늘 위로 날아올랐다. 홍당무는 걸음을 멈추고, 형 펠릭스에게 움직이지 말라는 신호를 보냈다. 참새 떼는 이 울타리에서 저 울타리로 옮겨 앉았다. 참새들이 잠잠해지자, 두 사냥꾼은 몸을 웅크리고 살금살금 다가갔다. 그러나 참새들은 쨱쨱거리며 한자리에 가만있지 않고 이내 다른 곳으로 가 버렸다. 그때까지 몸을 낮추어 웅

크리고 있던 두 사냥꾼은 허리를 폈다. 형 펠릭스는 욕을 퍼부어 댔다. 홍당무는 심장이 뛰긴 했지만 형보다는 인내심이 많은 듯했다. 사실, 그는 자신의 사냥 솜씨를 발휘해야만 하는 순간이 오는 게 자꾸만 꺼려졌다.

'못 맞추면 어쩌지!' 매번 총 쏠 기회를 놓치는 게 오히려 홍당무에게는 위로가 되었다.

그런데 이번에는 참새 떼가 그를 기다리고 있는 것 같았다.

형 펠릭스 : 쏘지 마, 너무 멀어.

홍당무 : 그래?

형 펠릭스 : 틀림없어! 몸을 구부리면 가까이에 있는 것처럼 보여. 실제로는 훨씬 멀리 떨어져 있다구.

형 펠릭스는 자기가 옳다는 것을 입증하려는 듯 모습을 드러냈다. 그러자 참새들은 기겁하여 도망치듯 날아갔다.

그런데 휘어진 나뭇가지 끝에 참새 한 마리가 날아가지 않고 그냥 앉아 있는 게 아닌가! 참새는 꼬리를 흔들고, 머리를 끄덕이며, 배까지 드러내고 있었다.

홍당무 : 이젠 정말 쏠 수 있겠어, 형. 저기 저놈. 확실하다구.

형 펠릭스 : 어디, 비켜서 봐! 그래, 그렇겠네. 아니, 그래 봤자 소용없어. 어서 내게 총을 건네.

엽총은 이미 홍당무의 손을 떠나 있었다. 홍당무는 멍하니 자기 앞에 서 있는 형을 바라보았다. 펠릭스는 어깨에 총대를 고정시키고 목표물을 겨눈 다음 방아쇠를 당겼다. 그러자 참새가 땅으로 떨어졌다.

마치 마술쇼를 보는 것 같았다. 잠시 후 홍당무는 엽총을 가슴팍에 고정시키고 방아쇠를 조이려고 했다. 그런데 별안간 또 엽총이 사라졌다. 그리고 다시 엽총이 제자리로 돌아왔다. 형 펠릭스가 그에게서 잠시 총을 빌린 다음, 이내 사냥개처럼 참새를 줍고자 뛰어갔다. 펠릭스는 사냥감을 주우며 말했다.

"그렇게 하면 평생 해도 못 끝내. 좀 서둘러야지."

홍당무 : 아주 많이 서둘러야겠지.

형 펠릭스 : 저런! 너 삐쳤구나!

홍당무 : 그럼, 노래라도 부르란 말이야?

형 펠릭스 : 참새가 생겼는데 뭐가 불만이야? 이 참새라도 없었어 봐.

홍당무 : 에이! 하지만 내가 잡은 건 아니잖아!

형 펠릭스 : 네가 잡았든, 내가 잡았든 마찬가지지. 오늘은 내가 잡았으니 내일은 네가 잡으면 되잖아!

홍당무 : 아! 내일이라고?

형 펠릭스 : 약속할게!

홍당무 : 뻔해. 전에도 약속했잖아!

형 펠릭스 : 맹세할게. 이제 됐지?

홍당무 : 겨우 이제사! 어쨌거나 지금부터 다른 참새를 찾으면 내가 쏠 테야.

형 펠릭스 : 안 돼, 시간이 너무 늦었어. 집에 돌아가 엄마한테 구워 달라고 해야지. 이거 너한테 줄게. 자, 주머니에 집어넣어. 부리는 밖으로 나오게 하고.

두 사냥꾼은 집으로 향했다. 도중에 만난 한 농부가 그들에게 인사하며 이렇게 물었다.

"안녕, 얘들아! 그래, 아버지를 쏘진 않았겠지?"

기분이 좋아진 홍당무는 곧 형한테 품었던 앙심을 풀었다. 서로 화해한 두 형제가 대승을 거둔 듯 의기양양해져 돌아오자, 르픽 씨는 놀란 눈으로 그들을 바라보았다.

"아니, 홍당무야, 아직도 네가 총을 메고 있구나! 그럼, 네가 줄곧 메고 다녔니?"

"거의 그랬어요."

홍당무가 대답했다.

두더지

홍당무는 길을 가다가 검은 굴뚝청소부처럼 생긴 두더지 한 마리를 발견했다. 그는 마음껏 가지고 놀다가 죽여 버리기로 마음먹었다. 능숙하게 두더지를 하늘 위로 여러 번 던지면서 돌 위에 떨어지도록 유도했다.

처음에는 모든 게 잘되어 가는 듯했다.

두더지의 발은 이미 부러졌고, 머리는 금이 갔고, 등도 부러져 굽었으며 더 이상 살아 있는 것 같지 않았다.

하지만 홍당무는 당혹스러움을 감추지 못했다. 두더지가 아직 죽지 않은 거였다. 두더지를 지붕 위로, 아니 하늘에 가 닿도록 있는 힘껏 높이 던져 보았지만, 여전히 죽지 않았다.

"저런! 세상에! 죽지 않았잖아!"

홍당무가 말했다.

사실은 이랬다. 피범벅이 된 돌 위에서 밀가루 반죽처럼 두더지는 찌그러져 있었는데, 내장이 그대로 보이는 배가 젤리처럼 흔들리고 있어서 홍당무의 눈에는 살아 있는 것처럼 보였던 것이다.

"저런! 세상에! 아직도 살아 있잖아!"

열을 받은 홍당무가 외쳤다.

그리고는 두더지를 도로 잡고 욕설을 퍼부으며 방법을 바꾸었다.

상기된 얼굴로, 두 눈에 눈물을 글썽이며 홍당무는 두더지에게 침을 캑 뱉고는 있는 힘껏 가장 가까이 있던 돌에다 대고 내리쳤다.

하지만 이미 형체를 잃은 두더지의 배는 여전히 움직이고 있었다.

그러자 격분한 홍당무는 두더지를 마구 짓이겼다. 그런데도 두더지는 여전히 살아 있는 것처럼 보였다.

알팔파[1]

홍당무와 형 펠릭스는 오후에 저녁기도를 마치고 서둘러 집으로 돌아왔다. 4시 간식시간에 늦지 않기 위해서다.

보통 간식 때 형 펠릭스는 버터나 잼을 바른 빵을 먹고, 홍당무는 그냥 맨 빵을 먹었다. 홍당무가 맨 빵을 먹게 된 이유를 이야기하자면 이렇다. 너무 일찍 어른스러워지고자 했는지 홍당무는 가족들이 보는 앞에서 맛 따윈 신경 쓰지 않겠다고 호언장담을 했다. 그날 이후로 홍당무는 그냥 아무것도 바르지 않은 빵이 좋다며 맨 빵을 부자연스럽게 먹었다. 오늘은 형보다 먼저 간식을 먹겠다는 생각에서 서둘러 걸었다.

이따금 맨빵은 너무 딱딱하다. 그럴 때면 홍당무는 적을 공격하듯 빵을 덥석 물어, 한 입 떼어 낸 다음 여러 번 와작와작 씹었다. 그것으로도 안 되면 벽돌에 헤딩하듯 빵에 머리를 박아 부순 다음 산산조각을 낸다. 그러면 가족들은 그의 주변에 모여 신기하다는 표정으로 그를 물끄러미 바라보았다.

---

1) 알팔파(alfalfa). 가축용 사료로 쓰이는 대표적인 여러해살이풀.

홍당무는 돌은 물론이고 낡은 녹회색 구리 동전도 소화해 낼 만큼 튼튼한 위장을 가진 것 같다.

요컨대, 그는 못 먹는 게 전혀 없다.

홍당무는 집에 도착하자마자 대문의 걸쇠를 힘주어 밀쳤다. 하지만 문은 굳게 닫혀 있었다.

형 펠릭스는 '제기랄.', '빌어먹을.' 을 연신 퍼부으며 못이 단단히 박힌 육중한 문에 달려들었다. 한동안 문에서는 삐걱대는 요란한 소리가 났다.

이윽고, 둘은 합세하여 힘껏 문을 밀쳐 보았지만 괜스레 어깨만 다쳤다.

홍당무 : 확실히 아무도 없네.

형 펠릭스 : 어디들 간 걸까?

홍당무 : 그것까지 어떻게 알겠어. 앉아서 기다리자, 형.

계단 층계참의 차가운 냉기가 엉덩이까지 전해지자, 형제는 전에 없던 배고픔을 느꼈다. 배가 고파 미치겠다는 듯 하품을 해 대고, 주먹으로 가슴을 치기도 했다.

형 펠릭스 : 우리가 기다릴 거라 생각하겠지!

홍당무 : 하긴, 기다리는 거 말고 별 수 있어.

형 펠릭스 : 난 안 기다릴래. 굶어 죽고 싶진 않거든. 아무거나,

저 풀이라도 먹을 테야.

홍당무 : 풀이라고! 엉뚱하긴. 그럼, 부모님이 놀라 자빠지실 걸.

형 펠릭스 : 글쎄! 샐러드도 풀인데 그건 잘도 먹잖아. 우리끼리 하는 얘기지만, 저 알팔파도 샐러드만큼 연하다니까. 올리브유와 식초를 칠 필요도 없는 샐러드라고 보면 되지.

홍당무 : 하긴 귀찮게 뒤적거려서 섞을 필요도 없겠네.

형 펠릭스 : 내기 할래? 난 알팔파를 먹을 수 있지만 넌 못 먹을걸.

홍당무 : 왜 형은 먹고 나는 못 먹는다는 거야?

형 펠릭스 : 농담이 아니라 정말 내기 할래?

홍당무 : 근데, 그러기 전에 우선 옆집에 가서 먹을 것 좀 달라고 하면 안 될까?

형 펠릭스 : 난 알팔파가 더 좋아.

홍당무 : 그럼, 가자, 형!

이윽고 그들 눈앞에 먹음직스러워 보이는 푸르른 알팔파 밭이 펼쳐졌다. 밭에 들어서자마자, 그들은 장난삼아 신발을 질질 끌어 여린 알팔파 가지들을 짓이겼다. 그들이 밟고 지나간 자리에는 좁은 길이 생겨났는데, 모르는 사람이 지나다 보게 된다면 한참을 의아해하며 이렇게 말할지도 모른다.

"웬 짐승이 이곳을 지나갔나?"라고.

입고 있던 바지 속으로 시원한 바람이 불어와, 둘의 바지통은 풍선처럼 점점 부풀어 올랐다.

형제는 밭 한가운데서 걸음을 멈추고 맨바닥에 배를 깔고 드러누웠다.

"아! 좋다!"

형 펠릭스가 말했다.

풀잎이 얼굴을 간질이자 형제는 같은 침대를 함께 썼던 어린 시절로 돌아간 듯 사이좋게 깔깔대며 웃었다. 그들이 한 침대에 누워 장난을 치며 웃으면 옆 침대에서 잠을 자던 르픽 씨가 이렇게 소리 지르곤 했다.

"잠 안 잘 거야? 이 고얀 놈들!"

그들은 곧 배고픔도 잊고 풀밭에 엎드려 헤엄을 쳤다. 수영선수처럼도 해 보고, 개와 개구리처럼도 해 봤다. 멀리서 보니 풀밭 위로 달랑 머리 두 개가 둥실 떠다니는 것 같았다. 그들은 잘 부러지는 여린 풀들을 작고 푸른 파도인 양 손으로 가르고 발로 밀치며 계속 헤엄쳐 나갔다. 밟힌 풀들은 죽었는지 더 이상 일어나지 않았다.

"턱까지 오네."

형 펠릭스가 풀밭을 헤엄치며 말했다.

"형, 나 좀 봐. 헤엄 잘 치지?"

홍당무가 말했다.

얼마 후 실컷 놀았는지 그들은 쉬면서, 보다 차분한 가운데 행복을 만끽했다.

이제는 풀밭에 팔꿈치를 괴고 누워, 두더지들이 파놓은 지하통

로를 눈으로 따라가 봤다. 지면에서 보일락말락 한 높이로 지그재 그로 난 모양이 노인들의 피부에 도드라진 핏줄처럼 보였다. 간혹 놓치긴 했지만 눈으로 쫓아가 보니 그 두더지 통로는 어느 빈 터에서 밖으로 나와 있었다. 그곳에는 알팔파에 기생하며 갉아먹는, 고약한 기생식물이 열선처럼 혹은 심줄처럼 붉은 수염을 길게 늘어트리고 있었다. 또 많은 두더지굴이 인디언 움막들처럼 한데 모여 작은 마을을 이루고 있었다.

"이게 다는 아니지. 먹어도 봐야지. 자, 내가 먼저 먹어 볼게. 내 영역은 건드리지 않도록 조심하라구."

형 펠릭스는 손을 연필 삼아 풀밭에 큰 원을 그렸다.

"난 나머지면 충분해."

홍당무가 말했다.

이윽고 두 명의 머리가 풀 속으로 사라졌다. 과연 뭘 하고 있는 것일까?

미풍이 일자, 가녀린 알팔파 잎들이 하늘거리며 희끗한 바닥을 드러냈고, 밭 전체로 물결 같은 진동이 일었다.

다시 모습을 드러낸 형 펠릭스는 한아름 사료용 풀을 뽑아 들고 서서, 머리를 박고 풀을 먹은 것처럼 볼을 부풀리고선 어설픈 송아지가 풀을 씹어 먹는 듯한 소리를 냈다. 그런 다음, 뿌리까지 모두 삼킨 척했다. 형이 먹는 것을 진지하게 바라보고 있던 홍당무는 한층 조심해서 좋은 잎사귀들만 가려 뽑았다.

홍당무는 풀을 코끝에 대 보았다가 입까지 가져간 다음, 침착하게 천천히 씹어 보았다.

　서두를 필요가 뭐 있겠는가?

　식탁을 빌린 것도 아니요, 다리 위에 장(場)이 선 것도 아닌 것을.[2]

　바드득 바드득 씹을수록, 혀는 떫고 속은 메스거렸다. 그래서 통째로 삼켰다. 참 맛있게 잘도 먹는 홍당무.

---

2) 두 가지 표현 모두 '전혀 서두를 게 없다.'는 뜻의 프랑스 속담.

컵

홍당무가 식사 중에 물을 마시지 않은 지는 꽤 오래되었다. 처음에는 그냥 마시는 걸 깜박했으려니 생각했는데, 그렇게 며칠 지나자 가족과 친지들은 놀라지 않을 수 없었다. 처음 시작은 이랬다. 어느 날 아침, 르픽 부인은 여느 때처럼 홍당무에게 포도주를 마시라고 컵에 따라 주었다. 그러자 홍당무가 이렇게 대답했다.

"괜찮아요, 엄마. 저 목 안 말라요."

그날 저녁때도 마찬가지였다.

"괜찮아요, 엄마. 저 목 안 말라요."

"어머, 네 덕분에 아낄 수 있겠다. 다른 가족들에겐 잘된 일이지."

이렇게 해서 홍당무는 처음으로 하루 종일 물을 마시지 않았다. 사실, 그날은 날씨가 그다지 덥지 않고 견딜 만해서 그냥 마시지 않았던 거였다.

그 다음날, 르픽 부인은 식탁을 차리며 홍당무에게 이렇게 물었다.

"홍당무, 너 오늘도 포도주 안 마실 거지?"

"글쎄, 잘 모르겠는데요."

"좋을 대로 하렴. 네 컵은 찬장에 있으니까 필요하면 꺼내 와라."

하지만 홍당무는 컵을 꺼내 오지 않았다. 일시적으로 별로 마시고 싶지 않아서 그랬는지, 아니면 까먹은 건지, 그도 아니라면 직접 꺼내 쓰는 게 어려웠는지 모르겠다.

그런 홍당무가 모두에게는 놀라울 뿐이었다.

"어머, 기특하다. 게다가 대단한 능력인걸!"

르픽 부인이 말했다.

"보기 드문 비범한 능력이지. 특히 나중에 도움이 될 게다. 사막에서 낙타도 없이 혼자 길을 잃고 헤맬 때 말이다."

르픽 씨의 말이었다.

형 펠릭스와 누나 에르네스틴은 내기를 했다.

누나 에르네스틴 : 일주일은 버틸걸.

형 펠릭스 : 설마! 사흘만 버텨도, 그니까 일요일까지만 버텨도 대단하지.

그러자 홍당무가 으쓱해져서 히죽 웃으며 말했다.

"난 전혀 목마르지 않으니까 마시지 않을 테야. 토끼나 기니피 그들을 봐. 걔네들도 물을 안 마시잖아."

"야, 기니피그랑 너랑 같아?"

형 펠릭스가 말했다.

홍당무는 삐친 듯 자기도 그럴 수 있다는 걸 보여 주리라 결심했다. 르픽 부인은 계속해서 식탁 위에 홍당무의 컵을 내놓는 걸 잊었다. 홍당무도 달라고 하지 않겠다고 결심했다. 또한, 사람들의 조롱 어린 칭찬과 진심 어린 찬사를 똑같이 무심하게 받아들이겠다고 결심했다.

어떤 이들은 이렇게 말했다.

"걔, 어디 아프거나 정신이 좀 이상한 거 아니에요?"

또 다른 이들은 이렇게 말했다.

"분명 숨어서 몰래 마시고 있을 거야."

하지만 뭐든 처음에만 신기하고 진기해 보이는 법이다. 시간이 지남에 따라 혀가 마르지 않았다는 것을 입증하고자 홍당무가 사람들 앞에서 자신의 혀를 내보이는 횟수도 점점 줄어들었다.

이제 부모와 이웃 주민들도 무덤덤해졌다. 몇몇 외지인들만이 홍당무의 이야기를 듣고 믿을 수 없다는 듯 두 팔을 들어 올릴 뿐이었다.

"과장하시는 거죠? 생리적 욕구는 아무도 피할 수 없는걸요."

홍당무를 검진했던 의사는 희한하고 드문 경우이긴 하지만 어쨌든 불가능한 일은 아니라고 진단했다.

그런데 홍당무도 스스로에게 놀라긴 마찬가지였다. 물을 안 마시면 곧 견디기 어렵겠거니 생각했는데, 계속 고집해서 실천하다 보니 이제는 원하는 것을 해낼 수 있다는 자신감도 생겼다. 스스로에게 고통스러운 절제를 강요하면서 참기 힘든 일을 해내리라 마음먹었었는데, 하나도 불편하지 않았다. 오히려 전보다 훨씬 건강해졌다. 심지어 목마름뿐 아니라 배고픔도 견뎌 낼 수 있었을 텐데 하는 아쉬움도 생겼다. 밥을 먹지 않고 숨만 쉬면서 살아갈 수 있을 것 같았다.

이제 홍당무는 자기 컵을 아예 생각조차 하지 않았다. 쓴 지가 하도 오래되자, 급기야 하녀인 오노린은 그 컵에다 촛대를 닦을 때 쓰는 규조 가루[3]를 담아 둘까 하는 생각마저 하게 되었다.

---

3) 금속 그릇을 닦아 윤을 낼 때 쓰는 연마제

하찮은 빵 한 조각 때문에…

르픽 씨는 즐거울 때면 아이들과 곧잘 놀아 주기도 했다. 정원을 산책하며 재밌는 이야기를 들려주기도 하는데, 그럴 때면 형 펠릭스와 홍당무는 하도 우스워 배를 움켜잡고 땅바닥에서 대굴대굴 굴렀다. 그런데 오늘 아침은 웃음을 그만 멈출 수밖에 없었다. 누나 에르네스틴이 와서 아침식사가 준비되었다고 전하자, 모두 조용해졌다. 가족들이 한데 모인 식탁이 찬물을 끼얹은 듯 조용해진 것이다. 모두 인상을 잔뜩 쓰고 식사를 했다.

여느 때처럼 가족들은 서둘러 식사를 마친 후, 빌린 식탁이라 곧 돌려줘야 할 것처럼 후다닥 자리를 뜨고자 했다. 그런데 바로 그때, 르픽 부인이 불쑥 이렇게 말했다.

"빵 좀 주시죠. 남은 스튜를 마저 찍어 먹게."

이건 도대체 누구에게 건네는 말인가? 모두가 깜짝 놀란 얼굴이었다.

르픽 부인은 식사 때면 으레 혼자 남아 식사를 했고, 그럴 때면 개하고나 말을 했다. 친근함의 표시로 꼬리를 흔들며 신발 흙 털

56

개를 치고 있는 퓌람에게, 야채 값이 얼마이고, 요즘 같은 세상에 푼돈으로 여섯 식구와 짐승 한 마리를 먹여 살리는 일이 얼마나 힘든지를 얘기하며 온갖 푸념을 늘어놓았다.

"아니지, 넌 내가 이 집을 유지하느라 얼마나 고생하는지 몰라. 다른 남정네들처럼 너도 살림은 거저 하는 줄로 알지. 버터 값이 오르건 계란 값이 턱없이 비싸건 너와는 상관없는 일이지."

그런데 오늘 르픽 부인은 퓌람에게 말한 것이 아니었다. 이례적으로 르픽 씨에게 직접 대고 하는 말이었다. 다른 누구도 아닌, 바로 르픽 씨에게 스튜를 찍어 먹게 빵 조각을 건네 달라는 거였다. 그 누구도 의심할 수 없었다. 우선 그녀가 다른 사람 아닌 바로 그를 바라보고 있었고, 르픽 씨 곁에 빵 접시가 있었던 것이다. 르픽 씨도 너무 놀란 듯 잠시 망설이다가, 이내 접시에 놓여 있던 빵 조각을 손가락으로 집어 들어 심각하고 적의가 가득한 표정으로 르픽 부인에게 던져 버렸다.

이 장면은 소극(笑劇)이었을까?

비극(悲劇)이었을까?

누나 에르네스틴은 그런 엄마의 모습을 보자 너무 창피해 막연한 불안감을 느꼈다.

"아빠가 모처럼 기분 좋은 날이었는데."

식탁 의자의 네 다리를 잇는 버팀대들 사이를 곡예하듯 번갈아 오가며 펠릭스가 중얼거렸다.

한편, 홍당무는 알 수 없는 묘한 표정을 지으며 입가에는 침이 가득 고였다. 귀에서는 이명이 들리고 뺨은 잘 익은 사과처럼 벌겋게 부풀어 올랐다. 홍당무는 있는 힘을 다해 뭔가를 참고 또 참는 중이었다. 그러다 그만 방귀를 뀌고 말았다. 자식들이 보는 앞에서 남편으로부터 모욕적인 취급을 받고는, 차마 자리를 뜨지 못하고 앉아 있는 엄마 앞에서!

나팔

오늘 아침 르픽 씨가 파리에서 돌아왔다. 여행용 가방을 열어 아이들에게 줄 선물을 꺼냈는데, 형 펠릭스와 누나 에르네스틴은 어젯밤 꿈에서 그리던(참 신기하게도!) 멋진 선물들을 받았다. 이윽고 르픽 씨는 양손을 등 뒤로 하고 홍당무를 짓궂게 바라보면서 물었다.

"넌, 어느 게 더 좋니? 나팔과 장난감 권총 중에서?"

홍당무는 경솔하기보다는 신중한 아이였다. 사실, 그는 나팔이 더 좋았다. 손에서 발사되어 나가는 무기가 아니니까. 하지만 그 또래의 사내애라면 총이나 칼 같은 장난감 무기들을 갖고 진지하게 놀아야 한다고, 홍당무도 화약 냄새를 맡으며 물건들을 깨부술 나이가 됐다는 말을 누누이 들어오던 터였다. 또한 아버지라면 아이들이 어떻다는 것을 잘 알고 있기에 꼭 필요한 것을 사 왔으리라 생각했다.

하여 홍당무는 자기 짐작이 맞다 확신하고 자신 있게 대답했다.

"권총이 더 좋아요!"

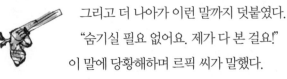 그리고 더 나아가 이런 말까지 덧붙였다.

"숨기실 필요 없어요. 제가 다 본 걸요!"

이 말에 당황해하며 르픽 씨가 말했다.

"아니! 권총을 더 좋아한다고? 너 많이 변했구나!"

그러자 그 즉시 홍당무는 말을 바꿨다.

"전혀 아니에요, 아빠! 농담이었어요. 진정하세요. 실은 저 권총 몹시 싫어해요. 어서 제 나팔 주세요. 제가 얼마나 즐겁게 부는지 보여 드릴게요."

르픽 부인 : 그럼, 왜 거짓말을 했니? 네 아빠의 마음을 아프게 하려고 그런 거지? 맞지? 나팔을 좋아하면서 권총이 좋다고 말하면 안 되지. 게다가 아무것도 못 봤으면서 권총을 봤다고 말해? 너, 제대로 반성할 때까지 권총도 나팔도 없을 줄 알아. 이걸 잘 봐. 이 나팔엔 붉은 방울 술이 세 개에다 금술 장식의 깃발이 하나 달려 있어. 자, 충분히 잘 봤겠지? 그럼, 이제 부엌에 둘 테니 내가 있을 때만 와서 불어.

식기 장식장 맨 꼭대기 위, 흰 천 속에 세 개의 붉은 방울 술과 금술 장식의 깃발이 달린 나팔이 홍당무가 불어 주기만을 기다리며 돌돌 말려 있다. 최후의 심판 날에나 불 수 있을 것처럼, 손에 닿지도 않고, 눈에도 보이지 않는 벙어리가 된 홍당무의 나팔!

 **머리카락**

주일이면 르픽 부인은 아이들에게 미사에 가라고 재촉했다. 더욱이 말끔히 잘 차려입고 가도록 했다. 이 때문에 에르네스틴이 남동생들의 치장을 떠맡았다. 실은 그래야 에르네스틴도 제때 치장을 마치고 미사에 갈 수 있었다. 에르네스틴은 동생들에게 넥타이도 골라 매 주고, 손톱도 소지해 주고, 성당에 들고 갈 미사책도 나눠 줬다. 특히 홍당무에게는 가장 두꺼운 것을 주었다. 그런데 무엇보다 에르네스틴이 각별히 신경 쓴 것은 남동생들의 머리에 포마드 기름을 바르는 일이었다.

에르네스틴은 이 일에 대단한 열성을 보였다.

홍당무가 바보처럼 해 주는 대로 가만히 있는 반면, 형 펠릭스는 화를 낼 거라며 누이에게 경고를 했다. 그러면 에르네스틴은 이렇게 말하며 동생을 속였다.

"이번엔 깜박했어. 일부러 바른 게 아니라구. 다음 주일부터는 안 바르겠다고 맹세할게."

그러면서 펠릭스의 머리에 슬쩍 포마드 기름이 묻은 손가락을 갖다 댔다.

"조심해! 큰코다칠 수도 있으니까."

펠릭스가 으름장을 놓았다.

오늘 아침에도 고개를 숙여 수건으로 몸을 닦고 있는 동안 에르네스틴이 또 슬쩍 기름을 발랐는데, 펠릭스는 전혀 눈치를 채지 못했다.

"저기를 봐! 이젠 네 말대로 했으니 뭐라 하지 마. 저기 위에, 벽난로 위 포마드 기름병의 뚜껑이 닫혀 있지? 이젠 내가 고맙지? 하긴 칭찬받을 만한 일도 아니지. 홍당무의 머리라면 시멘트를 발라도 소용없겠지만, 네 머리는 포마드도 필요 없어. 네 머리는 곱슬이라 저절로 부풀어 오르거든. 네 머리는 양배추 같아. 그리고 이 가르마, 이 상태대로 하루는 갈 거야."

"고마워."

펠릭스는 그렇게 말하며 아무런 의심 없이 일어섰다. 여느 때처럼 기름을 바른 건 아닌지 머리를 만져서 확인해 보는 것도 하지 않았다.

에르네스틴은 펠릭스에게 옷을 차려 입히고 한껏 모양을 내준 다음, 흰 장갑을 끼워 주는 것으로 마무리했다.

"다 됐지?"

"와! 왕자님처럼 눈이 부시다. 이제 모자만 쓰면 되겠어. 옷장에 있으니 가서 찾아봐."

하지만 이내 펠릭스는 자신이 속았다는 걸 알아차렸다. 옷장

앞을 그냥 지나치더니, 부엌 찬장으로 달려가 찬장 문을 열었다. 그리고는 물이 가득 담긴 컵을 들어, 아주 침착하게 머리 위에 쏟아 부었다.

"내가 경고했지. 속이는 건 딱 질색이야. 다시 한번 또 그러면 포마드 병을 아예 강물에 던져 버릴 거야."

펠릭스의 머리는 물에 젖어 도로 납작해졌고, 그의 주일용 옷에서는 물이 줄줄 새어 나왔다. 옷이 흠뻑 젖어 갈아입든가 햇볕에 말리든가 해야 했으나 그에게는 아무래도 상관없었다.

'형은 참 별나! 무서워하는 사람도 없고. 내가 형을 흉내 내려 했다면 다들 비웃었을 테지. 난 그냥 포마드를 싫어하지 않는 게 낫겠지.'

홍당무는 형의 행동에 감탄하며 중얼거렸다.

그런데 홍당무가 평상시처럼 체념하고 있는 동안, 그의 머리카락은 자신도 모르는 사이에 대신 복수를 하고 있었다.

포마드 기름이 발라져 강제로 눕혀 있던 홍당무의 머리카락은 한동안 죽어 있는 듯했다. 그러나 이내 마취에서 풀려난 듯, 어떤 보이지 않는 힘에 떠밀려 윤기 나는 가벼운 머리카락들이 먼저 위로 불쑥 튀어나오더니, 이내 속에 있던 머리카락들이 서로 갈라져 골이 깊게 파였다. 얼었던 초가지붕이 녹아내리며 짚들이 서로 갈라지는 것처럼.

이어서 머리카락 한 움큼이 우뚝 일어섰다. 꼿꼿하고도 자유롭게!

멱 감기

네 시가 되어 갈 무렵, 홍당무는 들뜬 마음으로 정원의 개암나무 밑에서 낮잠을 자던 르픽 씨와 형 펠릭스를 깨웠다.

"자, 가요!"

홍당무가 말했다.

형 펠릭스 : 그래, 가 보자! 수영복 챙겨!

르픽 씨 : 아직도 햇볕이 뜨거운 것 같은데.

형 펠릭스 : 해가 있을 때가 더 좋죠.

홍당무 : 아빠도 여기보단 물가가 더 나을 거예요. 풀밭에 누워 있으면 되잖아요.

르픽 씨 : 먼저들 천천히 가고 있어. 너무 뛰지 말고. 그러다 숨 막힐라.

홍당무는 애써 걸음을 천천히 하며 걸었다. 벌써부터 발바닥이 근질근질했다. 어깨에는 수영복 두 장을 둘러멨다. 민무늬 단색인 자기 것과 알록달록한 형의 것을.

홍당무는 생기에 넘쳐 수다를 떨기도 하고, 혼자 노래를 흥얼거리기도 하고, 나뭇가지들을 펄쩍 뛰어넘기도 했다. 또 허공에다 대고 수영 동작을 취하며 형 펠릭스에게 이렇게 말했다.

"형, 물이 좋겠지? 실컷 놀다 오자구!"

"이구! 철부지 녀석!"

형 펠릭스가 거만하면서도 의젓한 모습으로 말했다.

그런데 갑자기 홍당무가 조용해졌다.

조금 전까지만 해도 앞장서서 아담한 마른 돌 벽을 거뜬하게 뛰어넘더니, 눈앞에 갑자기 큰 강 하나가 나타나자 걸음을 멈췄다. 이제 웃고 즐길 시간은 지나간 셈이었다.

마법에 걸린 듯한 차가운 강물 위로 햇빛이 반사되어 반짝였다. 강물은 덜덜 떨며 이를 부딪히는 듯한 소리를 내며 찰랑거렸고, 역한 냄새를 내뿜고 있었다.

그런 물속으로 들어가야만 하는 시간이 온 것이다. 르픽 씨가 손목시계로 시간을 재는 동안, 물속에 머물며 시간을 보내야 했다. 홍당무는 온몸을 부르르 떨었다. 이제까지 혼자서 용기를 가지려 애썼는데, 결정적인 순간 사라진 셈이었다. 멀리서 그토록 손짓하며 유혹하던 강물이 지금은 그를 크나큰 비탄에 빠트렸다.

홍당무는 혼자 떨어져 옷을 갈아입기 시작했다. 자신의 깡마른 몸매와 다리를 감추기 위해서라기보다는 혼자서 아무 부끄럼 없이 실컷 떨고 싶어서였다.

홍당무는 옷을 하나하나 천천히 벗어 풀밭 위에 가지런히 개켜 놓았다. 그리고 신발 끈을 단단히 묶었다. 그러더니 다시 풀었다. 시간 끌기라도 하려는 듯 또다시 묶고 풀기를 수십 차례 반복했다.

그러고 나서 수영복을 입고, 종이 껍질 안에 녹은 찐득찐득한 사탕처럼 온몸이 땀으로 끈적이는지 짧은 셔츠를 벗었다. 그리고 더 이상 입을 것도 벗을 것도 없는데도 한참을 망설였다.

반면, 형 펠릭스는 이미 강물로 뛰어들어 강 전체를 혼자 독차지하고 있었다. 물 한가운데 떡하니 자리를 잡고 팔을 휘두르며 물을 휘젓는가 하면, 발뒤꿈치로 물을 차면서 심하게 거품을 일으켰다. 강은 불청객이 뛰어들자 화들짝 놀라고 화가 난 듯 물결을 일으켰고, 펠릭스는 그런 성난 파도들을 물가로 내몰기라도 하려는 듯 열심히 헤엄을 쳤다.

"홍당무야, 별로 하고 싶은 마음이 없니?"

"아뇨. 몸을 말리고 있는 중이에요."

르픽 씨가 묻자 홍당무는 그렇게 둘러댔다. 그리고 마침내 결심이 선 듯 바닥에 앉더니, 좁은 신발 속에서 이미 심하게 눌린 엄지발가락을 물에 담고 물밑을 더듬었다. 그러면서 아직 소화가 덜된 듯 배를 문질렀다. 이윽고 홍당무는 나무뿌리들을 따라 미끄러지듯 물속으로 들어갔다.

홍당무의 장딴지와 허벅지, 그리고 엉덩이가 나무뿌리에 스치면서 온통 상처투성이가 됐다. 물이 배까지 차는 곳에 이르자, 홍당무는 도로 밖으로 나오려 했다. 가늘고 축축한 끈이 팽이를 휘감듯 그의 온몸을 천천히 휘감는 것 같았다. 발을 디뎠던 물속의 흙덩어리가 무너지자, 홍당무는 그만 미끄러져 물속으로 사라졌다. 얼마간을 허우적거리다 다시 물 밖으로 몸을 내밀었다. 숨이 턱 막히고, 앞도 보이지 않고, 귀까지 멍멍했다. 기침을 해대며 캑캑거렸다.

"햐! 잠수 잘 하는데!"

르픽 씨가 사정도 모르고 감탄하며 말했다.

"네, 그래도 별로 좋아하진 않아요. 귀에 물이 들어갔나 봐요. 머리도 아픈 거 같고."

홍당무는 그렇게 말한 후 수영 연습에 적당한 장소, 그러니까 땅을 짚고 헤엄칠 만한 곳을 찾았다.

"너무 서두른다. 그리고 그렇게 주먹을 꽉 쥐고 팔을 휘저으면 안 되지. 네 머리채라도 뽑으려고 그래? 다리는 왜 가만히 놀고만 있어? 다리를 움직여야지."

르픽 씨가 코치를 아끼지 않았다.

그러자 홍당무는 다 알면서도 일부러 그렇게 한다는 듯 대꾸했다.

"다리를 쓰지 않고 수영하는 게 더 힘든 거예요."

형 펠릭스는 한참 수영에 열중하고 있는 홍당무를 가만두지 않았다.

"홍당무, 이리 와. 여기가 더 깊다! 발이 바닥에 닿지도 않아.

자, 나 봐라! 가라앉는 거 보이지? 자, 조심해! 날 더 이상 볼 수 없을 테니까. 이젠 어깨쯤 오는 곳으로 와. 그래, 거기 서서 가만히 있어. 열을 세는 동안 금세 갈 테니까."

"자, 그럼 열까지 센다!"

몸을 덜덜 떨면서 홍당무가 말했다. 어깨까지만 물 밖으로 나온 모습이 영락없는 부표 같았다.

다시 홍당무는 수영을 하고자 몸을 숙였다. 그러자 형 펠릭스가 홍당무의 등에 올라타 머리를 세게 치며 말했다.

"자, 이젠 네 차례야! 원한다면 내 등에 올라타!"

"그냥 가만히 수영 좀 배우게 내버려둬."

홍당무가 말했다.

"자! 얘들아! 시간 됐다! 그만 나와라. 이리들 와서 럼주 한 모금씩 마셔."

"벌써요?"

홍당무가 말했다.

이제는 거꾸로 밖으로 나가는 게 싫었다. 실컷 해 보지도 못했는데 벌써 나가야 하다니!

그만 나가야 한다고 생각하니 물은 더 이상 두려운 존재가 아니었다. 처음에는 납덩이처럼 무겁게 짓누르는 것 같았는데, 이제는 깃털처럼 가볍게 느껴졌다. 심지어 위험이 닥쳐도 대단한 용기를 발휘해 이겨 낼 수 있을 것 같았다. 누군가가 물에 빠져 허우적댄다면 목숨을 걸어 구하고, 익사자들이 겪는다는 죽음의 고통도 자청하여 맛보고 싶은 심정이었다.

"어서 나와. 안 그럼, 형이 다 마실라."

르픽 씨가 외쳤다.

홍당무는 럼주를 별로 좋아하지 않았지만 이렇게 대답했다.

"내 몫은 아무에게도 안 뺏길 거예요."

그러더니 노련한 노병(老兵)처럼 럼주를 꿀꺽 마셨다.

르픽 씨 : 너 목욕 제대로 안 했구나! 발목에 이 때 좀 봐!

홍당무 : 진흙이에요, 아빠!

르픽 씨 : 아냐, 때인데.

홍당무 : 그럼, 다시 들어갔다 나올까요?

르픽 씨 : 내일 벗겨라. 다시 올 거니까.

홍당무 : 야호! 날씨가 좋으면 좋겠어요!

홍당무는 형 펠릭스가 이미 쓴 수건을 들고 아직 젖지 않은 네 귀퉁이를 이용해 몸을 닦았다. 머리는 무겁고, 목은 긁혀 상처가 났지만 그래도 마냥 웃음이 터져 나왔다. 방금 형과 르픽 씨가 순대처럼 부은 그의 짧고 둥근 엄지발가락을 보고 재미있는 농담을 했기 때문이었다.

 **오노린**

르픽 부인 : 올해 나이가 몇이죠, 오노린?

오노린 : 성인 대축일[4]이면 예순일곱이 됩니다, 마님.

르픽 부인 : 어머, 벌써 그렇게나요?

오노린 : 나이가 뭐 그리 대수인가요? 아직 일할 수 있는 나이인 걸요. 게다가 전 아직까지 한 번도 아파 본 적이 없어요. 웬만한 말들보다도 더 힘이 세죠.

르픽 부인 : 내가 한 가지 말해도 될까요, 오노린? 어느 날 갑자기 돌연사할지도 모를 일이에요. 어느 날 저녁 빨래를 하고 강가에서 돌아오다가요. 등에 진 바구니가 어깨를 짓누르는 듯하고, 손수레도 평소와 달리 무겁게 느껴질 거예요. 그리곤 무릎을 꿇고 쓰러지겠죠. 빨랫감에 코를 박은 채 의식을 잃는 거죠. 나중에 당신을 발견했다고 해도 이미 때는 늦었을걸요.

오노린 : 농담이라도 그런 말씀 마세요, 마님. 그리고 염려 마세

---

4) 교회 전례력으로 11월 1일. 모든 성인 성녀들을 기념하는 축일.

요. 제 다리와 팔은 아직 튼튼하답니다.

르픽 부인 : 당신 등이 약간 굽은 건 사실이잖아요. 하긴 등이 휘면 빨래할 때는 허리가 덜 아파 훨씬 수월하겠군요. 허나 시력이 약해진 건 참으로 유감이에요! 아니라고 부정하지 말아요, 오노린! 얼마 전부터 다 눈여겨보았으니까.

오노린 : 아니에요! 전 시집가던 때처럼 또렷하게 잘 보여요.

르픽 부인 : 그래요? 그렇담, 찬장에서 아무 접시나 하나 가져와 보세요. 자, 이거 보세요. 접시를 제대로 닦았다면 이 물기는 뭐죠?

오노린 : 찬장에 습기가 있어서 그래요.

르픽 부인 : 그런가요? 그럼, 찬장에 접시들 사이로 오가는 손가락들도 있나 보죠. 이 자국들 보이세요?

오노린 : 어, 어디요, 마님? 제 눈엔 아무것도 안 보이는데요.

르픽 부인 : 바로 그 때문에 내가 뭐라고 하는 거예요, 오노린! 내 말 좀 들어 보세요. 당신이 해이해졌다고 뭐라 한다면, 그건 내 잘못이죠. 난 결코 기력이 있다 없다로 당신을 판단하는 그런 사람이 아니에요. 다만 당신이 늙었다는 거죠. 물론, 나 역시 늙었어요. 우리 둘 다 늙어 가고 있죠. 그리고 좋은 마음만으로는 안 되는, 몸이 따라오질 않는 그런 날이 올 거예요. 장담컨대, 눈앞에 막 같은 것이 씌워진 듯 희끗희끗한 걸 수차례 느꼈을걸요. 아무리 눈을 비벼 봐도 소용없지요. 아무리 해도 없어지지 않으니까요.

오노린 : 하지만 눈을 크게 치켜뜨면, 양동이 물 속에 머리를 담

근 것처럼 선명하게 보여요.

르픽 부인 : 네, 그렇겠죠. 암요, 그렇고말고요! 오노린, 허나 어제도 바깥양반에게 더러운 컵을 줬더군요. 내가 괜히 문제를 삼는 것 같은 인상을 줄까 봐 아무 말 안 했을 뿐이에요. 그이도 말을 안 하죠. 그 양반은 통 뭐라 하는 법이 없어서 그렇지 그냥 지나치진 않아요. 무관심한 듯 보이지만 실은 전혀 아니랍니다. 다 눈여겨보고, 머릿속에 새기고 있거든요. 오노린이 준 컵을 손가락으로 슬쩍 밀쳐 내고, 아무것도 마시지 않고 식사를 했어요. 오노린과 그이를 보고 내가 어찌나 가슴이 아프던지…….

오노린 : 주인어른도 참 고약하시네요. 하녀를 그리 어려워하시다니요! 그냥 컵을 바꿔 달라고 말씀하셨다면 바로 바꿔 드렸을 텐데요.

르픽 부인 : 그랬을 수도 있죠, 오노린. 하지만 더 고약한 건 당신이 그이로 하여금 그런 말을 못하도록 만들었다는 거예요. 이제 그 말은 그만하죠. 게다가 문제는 그게 아니니까요. 요는, 당신의 시력이 날이 갈수록 조금씩 약해진다는 거예요. 불행 중 다행인 것은 오노린이 큰 집안일들, 가령 봉제나 세탁, 섬세한 손이 필요한 일들은 더 이상 맡지 않아도 된다는 거죠. 추가 지출이 있긴 하겠지만 오노린을 도와줄 사람을 찾아볼까 해요.

오노린 : 제 밑에 다른 여자를 두고 같이 일하는 건 싫습니다, 마님.

르픽 부인 : 바로 내가 하려던 말을 하는군요. 그럼, 어떻게 하라는 건가요? 솔직하게 말해 보세요.

오노린 : 이대로 죽을 때까지 잘 해 나갈 겁니다.

르픽 부인 : 죽다니요? 그렇게 생각했어요, 오노린? 당신이 오히려 우리보다 더 오래 살지 누가 알겠어요? 또 내가 바라마지 않는 일이기도 하구요. 아니, 오노린! 내가 당신이 죽기만을 바라기라도 한다는 말이에요?

오노린 : 설마 행주질 한 번 잘못 했다고 저를 내보낼 생각은 아니시겠죠? 미리 말씀드리지만, 쫓겨나기 전까지는 이 집에서 한 발자국도 안 나갈 겁니다. 그리고 일단 밖으로 쫓겨나면, 저더러 죽으라는 말씀밖에 더 되나요?

르픽 부인 : 누가 당신을 내쫓기라도 한대요, 오노린? 얼굴이 온통 벌게져서 화를 내다니! 우린 그냥 허심탄회하게 얘기를 나누고 있는 거예요. 그렇게까지 화를 내며 어처구니없는 말을 하다니요!

오노린 : 세상에! 그럼 저더러 어쩌란 말씀이세요?

르픽 부인 : 그럼 나는요? 당신이 시력을 잃는 건 당신 잘못도 내 잘못도 아니잖아요? 의사가 당신을 치료해 줬으면 하길 바라고, 또 그렇게 될 거예요. 그러는 동안 우리 둘 중 누가 더 힘들고 난감하겠어요? 당신은 자기 눈에 이상이 있다는 사실조차 인정하려 들지 않잖아요. 그 때문에 이렇게 집안일에 지장을 주는데도 말이에요. 나는 사건을 예방하고, 또 내 딴에는 얼마든

지 부드럽게 충고할 만하다고 생각해서 했던 말이에요.

오노린 : 그러셨다니, 그럼 마님 좋도록 하세요! 마음 편한 쪽으로요. 잠깐이나마 거리로 나앉을지도 모른다는 생각이 들어 화를 냈습죠. 이제야 안심이 됩니다요. 저도 앞으로 신경 써서 접시를 닦겠습니다. 약속할게요.

르픽 부인 : 또 한 가지 부탁이 있는데, 말해도 되겠죠? 오노린, 난 평판보단 실제로 꽤나 괜찮은 여자랍니다. 그리고 당신이 부득불 나가겠다고 하면 그때 비로소 내보낼 거라고요.

오노린 : 그런 말씀이라면 입도 벙끗 마세요, 마님. 저는 지금도 쓸모 있는 사람이라 생각하는뎁쇼. 그리고 마님께서 저를 내쫓 으시면 동네방네 부당해고를 당했다고 외치고 다닐 겁니다요. 허나 제가 짐이 된다고 느껴지면, 그러니까 냄비에 물조차 데 울 수 없는 쓸모없는 하녀라고 여겨지면, 그때는 누가 떠밀지 않아도 제 발로 당장 떠날 겁니다.

르픽 부인 : 그땐 오노린, 잊지 마세요! 우리 집에 당신이 먹을 스프는 항상 남겨 둘 거라는 거.

오노린 : 아니에요, 마님. 스프까지는 필요 없죠. 빵만으로도 족 합니다요. 마이트 할멈은 빵만 먹었는데, 그렇게 했더니 죽고 싶은 마음이 싹 없어졌대요.

르픽 부인 : 그럼, 그 할멈이 적어도 백 살은 먹었다는 사실도 아 세요? 그리고 또 오노린, 이 사실도 기억해 두세요. 거지들이 우 리보다 훨씬 행복하다는 거요. 이건 그냥 내가 하는 말이에요!

오노린 : 마님의 말씀이니, 그렇다고 믿겠습니다.

냄비

홍당무는 가족들에게 쓸모가 있는 사람으로 인정받고 싶었지만 그럴 수 있는 기회는 매우 드물었다. 그는 한구석에 웅크리고 앉아 기회가 오기만을 기다렸다. 홍당무는 아무런 편견이나 사심 없는 심판관처럼 식구들이 나누는 대화를 가만히 듣고 있다가 때가 왔다 싶으면 어두운 구석에서 나와 열에 들뜨고 흥분한 가족들 속에서 유일하게 제정신을 지닌, 사려 깊은 사람으로 문제의 해결 방향을 제시해 주는 데 탁월한 재능이 있었다.

그런 재능을 발휘할 때를 기다리던 중 홍당무는 엄마가 똑똑하고도 믿을 만한 조수를 필요로 한다는 것을 단번에 눈치 챘다. 물론 르픽 부인은 별로 솔직한 사람은 아니어서 그 사실을 인정하려들지 않겠지만 두 사람 사이에 모종의 암묵적인 합의가 이루어졌다. 하지만 홍당무는 엄마로부터 아무런 격려나 보상도 기대하지 못한 채 임무를 수행해야 했다.

그럼에도 홍당무는 하기로 결심했다.

아침부터 저녁까지 벽난로에는 항상 냄비가 걸려 있었다. 뜨거운 물이 많이 필요한 겨울에는 냄비에 물을 채우고, 비우고, 불을 많이 피워 가며 내내 물을 끓였다.

반면, 여름에는 식사 후 설거지를 하는 데만 필요할 뿐, 그외 시간에는 뜨거운 물이 거의 필요가 없는데도 냄비는 계속 휘파람 소리를 내며 끓고 또 끓었다. 밑바닥 부분은 금이 가서 조금 전에 지폈던 장작불이 흰 연기를 내며 꺼져 갈 듯하며 탔다.

때때로 오노린은 물 끓는 소리를 듣지 못해, 나중에서야 허리를 굽혀 냄비에 귀를 기울일 때도 있었다.

"에고! 물이 바닥났네."

그렇게 말하고 오노린은 다시 냄비에 물을 붓고, 장작을 지피며 남은 재들을 뒤적거렸다. 이내 콧노래를 가볍게 흥얼거리며 안심이 된 듯 다른 곳으로 가서 볼일을 봤다.

"오노린, 쓸 데도 없는 물을 왜 자꾸 끓여요? 어서 냄비를 치워요. 불도 끄고요. 장작은 거저 생겨서 때는 건 줄 아세요? 조금만 추워도 얼어 죽는 가난한 사람들이 얼마나 많은데요! 그러고도 알뜰한 여자라 하겠어요?"

누군가 이런 말을 하면 오노린은 고개를 설레설레 저을 뿐이다.

오노린은 다시 뒤돌아 여전히 냄비가 벽난로에 걸려 있는 것을 확인했다.

비가 오나 눈이 오나 바람이 부나, 또 햇볕이 따갑게 내리쬐나 항상 물 끓는 소리가 들려왔고 바닥까지 타는 빈 냄비 소리가 들리기라도 하면 계속해서 냄비에 물을 가득 채웠다.

이제는 냄비에 손을 대거나 눈으로 확인할 필요도 없었다. 오노린은 냄비의 상태가 어떤지를 속속들이 알고 있었다. 그냥 귀를 기울이기만 하면 그것으로 충분했다. 냄비가 조용해지면, 한 양동이의 물을 들이부었다. 눈 감고 구슬을 꿰듯 훤해 단 한 번도 실수한 적이 없었다.

그런데 오늘은 처음으로 실수를 하고 말았다.

한꺼번에 쏟아 부은 물이 그만 냄비가 아닌 불을 덮쳐 버렸다. 그러자 잿더미가 분노에 휩싸여 포효하는 짐승처럼 오노린에게 달려들더니, 그녀를 휘감고 질식시키고 눈까지 따갑게 했다.

오노린은 소리를 지르고 재채기를 하는가 하면, 뒤로 물러서며 콜록콜록 기침을 해댔다.

"제기랄! 땅 속에서 악마가 튀어나오는 줄 알았네."

눈은 매워 제대로 떠지지도 않았다. 재투성이 검은 손으로 어두운 벽난로 속을 더듬거리며 찾았다.

"앗! 놀랄 만한 일이로군, 냄비가 없잖아. 아니, 도저히 이해가 안 가네. 조금 전만 해도 분명 있었는데. 분명 끓느라고 휘파람 소리가 났었는데."

오노린이 창문가에서 양파 껍질이 잔뜩 묻은 앞치마를 터느라 잠깐 뒤로 돈 사이, 누군가가 냄비를 치웠던 것이 분명했다.

도대체 누가 그랬을까?

르픽 부인은 침실 문 앞 신발 흙 털개 위에서 근엄하고도 침착한 표정으로 서 있었다.

"왜 이렇게 난리래요, 오노린!"

그러자 오노린이 외쳤다.

"난리라구요? 난리라니요! 제가 대수롭지도 않은 일로 난리법석을 피운다는 말씀이세요? 거의 불에 타 죽을 뻔했다구요. 제 신발과 치마, 이 손 안 보이세요? 온통 시커멓고, 윗도리는 진흙 범벅에다, 주머니까지 온통 재투성이라구요."

르픽 부인 : 벽난로에서 뚝뚝 떨어지는 물을 보고 하는 말이에요, 오노린. 온통 물난리잖아요. 깨끗하게 치우세요.

오노린 : 누가 미리 말도 없이 제 냄비를 치웠대요? 혹 마님이 그렇게 하신 거 아녜요?

르픽 부인 : 그 냄비는 이 집 가족들 모두의 것이에요, 오노린! 혹 어쩌다 바깥양반이나 애들이나 내가 냄비를 썼다손 쳐요. 그럼, 그럴 때마다 오노린의 허락을 받아야 한다는 말이에요?

오노린 : 아뇨. 그만 화가 나서 어리석은 말을 했습니다요.

르픽 부인 : 아니, 화가 나다니요? 우리에게요? 아니면 당신에게요? 누구에게요? 호기심 때문이 아니라 그냥 알고 싶어 묻는 거예요. 참 나를 당황하게 만드네요. 하찮은 냄비 하나 없어졌

다고 그렇게 기세등등하게 난로에다 물을 끼얹질 않나, 실수를 인정하기는커녕 남 탓, 그러니까 내 탓을 하시는군요. 내 말이 좀 심했나요?

오노린 : 얘 아가, 홍당무야! 내 냄비 어디 있는지 아니?

르픽 부인 : 아니, 걔가, 아무것도 모르는 철부지가 어떻게 알겠어요? 냄비는 그만 찾으세요. 그보단 어제 오노린이 했던 말을 기억해 보시죠. "제가 물조차 데울 수도 없을 정도가 되면, 누가 떠밀지 않아도 제 발로 당장 떠날게요."라고 했잖아요. 물론, 나는 오노린의 눈이 안 좋다고 생각했지, 상태가 이 정도로 절망적일 줄은 생각도 못했어요. 딱 잘라 말할게요, 오노린. 내 입장이 돼 보세요. 나만큼 지금 상황이 어떤지 잘 알고 있잖아요! 그러니 잘 판단해서 결정하도록 하세요. 아, 불편하게 생각 말고, 울고 싶으면 우세요! 그럼요, 우실 만하네요.

망설임

"엄마! 오노린!"

'쟤가 뭘 말하려고 또 저러나? 다 된 밥에 재라도 뿌릴 셈인가.' 르픽 부인이 차가운 시선을 보내자, 다행히 홍당무는 잠시 하려던 말을 멈췄다.

'오노린에게 뭘 말하려는 거야?'

르픽 부인은 눈으로 홍당무에게 이렇게 말하고 있었다.

"내가 그랬어요, 오노린!"

홍당무는 이렇게 말하고자 했었다. 달리 저 불쌍한 노파를 구할 방법이 없었다. 오노린은 이제 아무것도 볼 수 없는 가엾은 할멈이다. 참 딱하지 않은가! 물론, 홍당무의 자백이 그녀를 더욱 괴롭힐지도 모른다. 하지만 그녀가 떠나도록, 홍당무를 의심하기는 커녕 어쩔 수 없는 운명의 힘에 의해 휘둘림을 당했다고 생각하게 만들어서는 안 되지 않은가!

한편, 르픽 부인에게도 이렇게 말하고자 했었다.

"엄마, 제가 그랬어요!"

그렇게 말하면서 칭찬받을 만한 행동을 했다고 스스로를 대견하게 여기고, 체면상 그냥 웃어넘겨 달라고 말하려 했었다. 하지만 그게 다 무슨 소용인가? 르픽 부인은 공공연한 자리에서도 그가 했던 말을 취소하게 만드는 능력이 있지 않던가. 결국, 홍당무는 약간의 위험을 무릅쓰고 이 사건에 끼어들어, 엄마와 오노린이 냄비 찾는 일을 도와주는 척하기로 했다.

일순간 세 사람은 합세하여 냄비를 찾기 시작했고, 홍당무가 가장 큰 열의를 보였다.

하지만 르픽 부인은 무관심하다는 듯 제일 먼저 포기했다.

오노린도 단념하고 혼자 중얼거리며 멀어져 갔고, 마침내 홍당무는 양심의 가책이 사그라들자 이제는 더 이상 필요 없어진 정의의 도구처럼, 칼집에 도로 꽂힌 칼처럼, 다시 본연의 자신으로 돌아왔다.

오노린 대신 들어온 사람은 오노린의 손녀 아가타였다. 홍당무는 신기한 듯 신참을 주의 깊게 관찰했다. 한동안 르픽 가족의 관심이 그에게서 떠나 이 소녀에게로 옮겨지리라.

"아가타, 들어오기 전에는 반드시 노크를 해라. 그렇다고 뒷발질하는 망아지처럼 문이 부서져라 때리라는 말은 아니고."

르픽 부인이 말했다.

'또 시작이군. 그럼 식사가 끝날 때까지 기다려야겠네.'

홍당무가 속으로 말했다.

오늘은 큰 주방에서 식사를 했다. 아가타는 팔에 냅킨을 걸친 채 화덕에서 찬장으로, 찬장에서 식탁으로 뛰어다닐 만반의 준비를 마쳤다. 그녀는 살포시 걸어 다니는 일이 거의 없었다. 뺨이 벌게지도록 헐떡거리며 뛰어다니길 좋아하는 것 같았다.

게다가 너무 빨리 말하고, 너무 크게 웃고, 또 너무 잘 하고자 애쓰는 것 같았다.

르픽 씨가 먼저 자리를 잡고 앉아 냅킨을 펼친 후, 그 앞에 놓인 요리에 자신의 접시를 밀어서 고기와 소스를 담은 다음 접시를 도로 자기 쪽으로 가져갔다. 포도주를 알아서 따라 마시고, 등은 구부리고 시선은 밑으로 둔 채, 여느 때처럼 무덤덤한 표정으로 식사를 시작했다.

다른 요리가 나와 접시를 바꾸려 하자, 르픽 씨는 뒤로 물러서듯 의자에 등을 기대고 기다리는 동안 허벅지를 흔들었다.

르픽 부인은 아이들에게 직접 음식을 덜어 주었다. 덜어 주는 순서는 펠릭스가 먼저(그의 배는 항상 꼬르륵대니까), 에르네스틴이 그 다음(나이상으로 맏이니까), 홍당무가 맨 나중(그냥 식탁 맨 끝에 앉아 있으니까)이었다.

홍당무는 접시를 비우고 나면 더 달라고 하는 법이 없다. 그렇게 하는 것이 엄격하게 금지된 것처럼. 한 번 덜어 먹는 것으로 만족해야 했다. 물론, 더 먹으라고 권할 경우에는 감사히 잘 받아먹었다. 하지만 대개는 물도 없이 좋아하지도 않는 쌀밥만 배가 터지도록 먹었다. 가족 중에서 유일하게 쌀밥을 좋아하는 르픽 부인의 비위를 맞추기 위해서는 그래야만 했다.

이에 비해 엄마에게서 보다 자유로웠던 형 펠릭스와 누나 에르네스틴은 더 먹고 싶으면 르픽 씨가 하던 것처럼 개인 접시를 요리 그릇 옆으로 바싹 갖다 댔다. 그러면 르픽 부인이 알아서 덜어 주었다.

그런데 식사 중에는 말하는 사람이 아무도 없었다.

'이 가족들은 도대체 왜 이러지? 싸우기라도 했나?'

아가타는 속으로 의아하게 생각했다.

그러나 그들은 싸운 게 아니라, 식사 때는 그냥 그랬다. 그게 다였다.

아가타는 저절로 하품이 나왔고, 양팔을 허리춤에 댄 채 서 있었다.

르픽 씨는 유리 조각이라도 씹는 듯 아주 천천히 식사를 했다.

평소 때 까치보다 더 수다스러운 르픽 부인도 어째서인지 식탁에서는 손짓과 고갯짓만으로 지시를 했다.

누나 에르네스틴은 천장을 바라보며 식사를 했고, 형 펠릭스는 빵으로 조각이나 하려는 듯 빵을 뗐다 붙였다 깨작거렸다. 홍당무는 컵이 없는지라 게걸스럽게 먹다가 너무 일찍 접시를 비우지나 않을까, 혹은 꾸물거리다가 너무 늦게 먹지는 않을까 온 신경을 쏟았다. 그는 식사 속도를 맞추려고 머릿속으로 복잡하게 계산하는 중이었다.

그런데 갑자기 르픽 씨가 일어나더니 수돗가에 가서 물병에 물을 채웠다.

'제가 할게요.'

아가타가 말했다. 아니, 제대로 말하자면 그렇게 말하지 못하고 속으로 그렇게 생각만 했다. 식사 때면 벙어리가 되는 이들 가족의 고질병에 벌써 감염된 듯, 입을 떼기가 어려워 감히 말하지 못했다. 허나 아가타는 자신이 실수를 했다는 생각에 주의를 한층 기울였다.

르픽 씨가 빵을 거의 다 먹어 가자, 아가타는 이번만큼은 절대 한발 늦지 않으리라 다짐했다. 다른 식구는 안중에도 없는 듯 르픽 씨만 뚫어져라 바라보았다. 그러자 르픽 부인이 무뚝뚝한 목소리로 불렀다.

"아가타, 그렇게 꿔다 놓은 보릿자루처럼 서 있을 거니?"

그리고는 그 다음 순서가 무엇인지를 환기시켰다.

"여기 있습니다, 마님."

아가타가 대답했다.

아가타는 여러 가지 일을 하면서도 르픽 씨에게서 눈을 떼지 않았다. 르픽 씨의 마음에 들고 싶어서 세심하게 신경 쓰는 것이 눈에 띄었다.

그리고 드디어 그럴 수 있는 기회가 왔다!

르픽 씨가 접시에 남은 마지막 빵 한 조각을 입에 넣자, 아가타는 찬장으로 잽싸게 달려가 5파운드[5]나 되는, 채 썰지도 않은 둥근 화관 모양의 빵 덩어리를 들고 왔다. 주인어른에게 드리겠다는 착한 마음에서, 그리고 주인이 뭘 원하는지 알아맞혔다는 것을 매우 기뻐하며.

허나, 르픽 씨는 식사를 마친 듯 냅킨을 접고 그냥 자리에서 일어났다. 그리고 모자를 챙겨 쓰고 담배를 피우러 정원으로 나가 버렸다.

르픽 씨는 접시를 다 비우면, 더 먹는 법이 없었다.

제자리에 못 박힌 듯, 넋 나간 표정으로 5파운드나 되는 큰 화관 모양의 빵을 들고 우두커니 서 있는 아가타의 모습은, 구명장비 제작회사에서 선전용으로 만든 구명튜브를 들고 선 밀랍 인형처럼 보였다.

---

5) 1파운드는 대략 500g, 5파운드는 2500g.

일정표

"놀랐지?"

식당에 아가타와 둘만 남게 되자, 홍당무가 입을 열었다.

"너무 낙심하지 마. 그보다 더한 일도 겪게 될 텐데, 뭘. 근데 그 병들을 들고 어디 가는 거야?"

"지하 창고요, 홍당무 도련님."

홍당무 : 미안하지만, 지하 창고는 내 담당이야. 계단을 내려갈 수 있게 된 나이부터 줄곧. 여자들은 자칫 미끄러져 넘어질 위험이 있어서도 그랬지만, 내가 믿음직한 사내가 되면서부터 줄곧 그 일을 맡아 왔거든. 난 어둠 속에서도 상표 색깔까지 구분할 줄 안다구.

난 토끼털과 함께 낡은 포도주 병을 팔아 약간의 수입을 챙겨. 물론, 그 돈은 엄마한테 맡기지만 말이야.

우리 서로 잘 지내자. 일을 나눠 맡고 서로에게 피해를 주지 않으면서 말이야.

아침에 개가 밖으로 가도록 문을 열어 주고, 밥 챙겨 주는 일은 내가 할게. 또 저녁이면 잘 시간이 됐다고 휘파람으로 불러들이는 일도 내가 할게. 길에서 뒤처졌다 싶으면 기다려 주기도 해야 되거든.

엄마가 계속 닭장 문을 닫으라고 했으니 닭장도 내가 맡을게.

또 풀 뽑는 일도 내가 하고. 가려서 잘 뽑아야 하거든. 또 뽑은 후에는 발로 땅을 다독이고 뽑힌 자리를 잘 덮어 줘야 해. 뽑은 풀들은 가축들에게 나눠 줘야 하고.

아빠가 톱질을 하시면 난 운동하는 셈치고 그 일도 도와드려. 그리고 아빠가 사냥해 온 사냥감의 숨을 끊는 일도 하지. 아가타는 에르네스틴 누나와 함께 털을 뽑는 일을 하게 될 거야.

나는 또 생선의 배를 갈라 내장을 비운 다음, 부레를 발뒤꿈치로 밟아 터트리는 일도 해.

생선의 비늘을 긁고 우물물을 긷는 일 같은 건 아가타가 할 거야.

내가 실타래 감는 일은 도와줄게.

커피 빻는 일도 내가 할게.

아빠가 더러운 신발을 벗으면, 복도까지 들고 오는 일은 내가 해. 그러면 에르네스틴 누나가 슬리퍼를 챙겨 오지. 누나가 직접 슬리퍼에 수를 놓았다고 그 일만은 아무에게도 양보하지 않거든.

또 중요한 장거리 심부름은 내가 도맡아 해. 가령, 약국에 가거나 의사 선생님을 부르러 가는 일 말이야.

아가타는 식료품을 사는 것과 같은 자질구레한 심부름을 하게 될 거야.

그런데 하루에 두세 시간 혹은 종일 강가에 가서 빨래를 해야 해. 안됐지만, 아가타가 맡은 일 중 가장 고된 일이지. 내가 아무것도 해 줄 수가 없거든. 하지만 이따금 시간이 되면, 울타리에 빨래 너는 일은 도와주도록 할게.

아! 또 해 줄 말이 생각났어. 빨래는 절대 과일 나무에 널면 안 돼. 아빠는 주의를 주진 않으시지만, 과일 나무에 빨래 너는 걸 싫어하셔. 그래서 손가락으로 튕겨 빨래를 맨바닥에 떨어트릴 거고, 그러면 엄마는 얼룩 하나 때문에 빨래를 다시 하라고 하실 거야.

또 신발 손질을 할 때 주의할 게 있어. 사냥 신발은 기름을 많이 먹고, 장화는 구두약을 거의 바르지 않은 듯 칠해야 해. 구두약을 너무 바르면 닳아 버리거든.

그리고 진흙 묻은 바지는 너무 열심히 빨지 마. 아빠는 진흙이 바지를 보호하는 거라고 단단히 믿고 계시거든. 아빠는 논이나 밭에서 바지를 걷지 않은 채 그냥 걸어 다녀. 아빠가 사냥에 데려가면, 나는 사냥 망태를 어깨에 메니까 바지를 걷고 다니는 게 더 편하던데 말이야.

아빠는 그런 내게 이렇게 말씀하시지.

"홍당무야, 넌 결코 진정한 사냥꾼은 못 되겠구나."

그러면 엄마는 주먹을 보여 주면서 이렇게 말씀하셔.

"옷을 더럽히면 어떻게 되는지 알지!"

사실, 그건 취향의 문제지.

어쨌거나 아가타, 그리 힘든 일은 없을 거야. 방학 동안에는 우리가 서로 일을 나눠 하면 되고, 누나와 형과 내가 학교 기숙사로 돌아가면 그만큼 일은 줄어들 거야. 그리고 매일 똑같은 일의 반복이야.

게다가 우리 식구들 중 아가타에게 못되게 굴 사람은 없을 거야. 내 친구들한테 한번 물어봐. 그러면 이구동성으로 이렇게 말할 걸. 에르네스틴 누나는 천사처럼 친절하고, 펠릭스 형은 품성이 착하고, 아빠는 올곧은 정신과 정확한 판단력의 소유자이고, 엄마는 보기 드문 탁월한 요리사라고. 아마 내가 우리 가족 중 가장 다루기 힘든 사람일 거야. 사실 다른 장점도 많아. 나를 다룰 줄 알기만 하면 되지. 게다가 나는 사리판단을 할 줄 알고, 잘못을 인정하고 고칠 줄 알거든. 겸손한 척하는 게 아니라 진짜 나아진다니까. 아가타도 그렇게 된다면 우리는 사이좋게 잘 지내게 될 거야.

참! 앞으로는 나를 도련님이라고 부르지 말고, 다른 사람들처럼 그냥 홍당무라고 불러. '르픽 도련님' 보다는 훨씬 짧잖아. 단, 내게 말을 놓지만 않으면 돼. 난 오노린 할머니가 몹시 싫었어. 내게 반말을 해서 매번 내 기분을 엉망으로 만들었거든.

장님

지팡이 끝으로, 장님은 조심스럽게 문을 두드렸다.

르픽 부인 : 저 영감, 또 왔네! 왜 자꾸 오는 거지?

르픽 씨 : 몰라서 그러오? 한 푼 달라는 거잖소. 오늘이 그가 오는 날이잖소. 문이나 열어 줘요.

르픽 부인은 시무룩한 얼굴로 현관문을 열었다. 그러더니 갑자기 장님의 팔을 잡아당겼다. 문밖에서 찬기가 밀려들어 왔기 때문이다.

"모두 안녕들 하셨습니까?"

장님이 말했다.

그는 지팡이를 앞세우고 걸어 들어왔다. 그의 지팡이는 생쥐라도 잡을 듯이 마룻바닥 위를 짧은 보폭으로 다다닥 두드리며 달려오더니 이내 의자 하나와 마주쳤다.

장님은 자리에 앉아 얼어붙은 손을 벽난로를 향해 내뻗었다.

르픽 씨가 동전 한 닢을 주면서 말했다.

"자! 여기 있소."

그리고는 더 이상 장님에게 관심을 두지 않고, 읽다 만 신문을 마저 읽었다.

홍당무는 집 안으로 들어온 장님에게 흥미를 느꼈다. 자신의 지정석인 탁자 밑 귀퉁이에 웅크리고 앉아 장님의 나막신을 뚫어져라 보고 있었다. 나막신에 묻은 눈이 녹으면서 벌써 신발 주위가 물로 흥건히 고였다.

르픽 부인도 이를 알아채고서 장님에게 이렇게 말했다.

"나막신을 벗어 주시겠어요, 영감님?"

르픽 부인은 나막신을 말리고자 난로 밑에 가져다 놓았지만 때는 늦은 뒤였다. 장님의 발밑은 이미 물바다를 이루었고, 장님도 축축함이 느껴져 불안해진 듯 자리에서 일어나 양발을 번갈아 들었다 내렸다 했다. 이 때문에 마룻바닥은 여기저기 흙탕물들로 얼룩이 졌고, 일부는 멀리까지 튀었다.

홍당무는 손톱으로 진흙을 긁어 모아 깊은 골을 만들고, 더러운 물이 자기 쪽으로 흘러오도록 했다.

"돈을 받았으면 됐지, 뭐 하자는 거야?"

르픽 부인은 장님에게 자신의 목소리가 들리거나 말거나 아랑곳하지 않고 말했다.

그런데 장님은 정치에 대해 말하고 있었다. 처음에는 소심하게, 이윽고 확신에 차서. 아무도 대꾸가 없자 지팡이를 흔들어

댔다. 그러다 그만 난로 연통에 손을 대자 흠칫 놀라 서둘러 손을 치웠다. 그리곤 점점 상황이 의심스러워지자 흰 눈동자를 연신 굴려 댔는데, 그의 깊이 파인 눈에서는 눈물이 끊임없이 흘러내렸다.

이따금 르픽 씨가 신문을 넘기며 말했다.

"일리는 있네요, 티시에 영감님! 일리 있군요. 한데 확실한가요?" 그러자 장님이 반기듯 소리쳤다.

"암요, 확실하다마다요. 가령, 좀 먼 얘기긴 하지만, 내 말 좀 들어 보슈. 내가 어떻게 장님이 됐는지 아시게 될 겁니다요."

"곧 떠나기는 틀렸군."

르픽 부인이 말했다.

티시에 영감은 어떻게 사고가 나 자신이 장님이 됐는지 한참을 이야기하고 나서 기지개를 폈다. 그랬더니 얼었던 몸이 봄눈 녹듯 한결 나아진 것 같았다. 혈관 속에서 얼음처럼 굳어 있던 피도 이제는 잘 도는 듯했다. 팔과 다리도 기름을 칠한 듯 한결 나긋나긋해졌다.

바닥에 고인 물웅덩이는 점점 더 커져 홍당무가 앉아 있는 자리까지 넘보고 있었다.

그것은 바로 홍당무가 기대했던 바였다.

곧 그것으로 장난을 칠 수 있으리라.

하지만 이때를 놓칠세라, 르픽 부인은 자신의 특기인 능숙한 다루기 기술을 펼치기 시작했다. 장님을 살짝 건드리더니 팔꿈치로 찌르고, 발을 밟아서 뒤로 물러서게 한 다음, 온기가 전혀 미치지 않는 찬장과 옷장 사이에 그를 몰아붙였다. 장님은 어리둥절해하며 지팡이로 더듬었고, 손짓 발짓을 해 가며 방향을 가늠했다. 그의 손가락들은 짐승처럼 가구들 사이를 오르내렸다. 장님은 그가 속한 어둠의 세상 속에서 등반을 하는 중인 듯했다. 또다시 장님의 몸 안에는 얼음이 생기고, 온몸이 얼기 시작했다.

결국, 장님은 우는 목소리로 이야기를 마쳐야 했다.

"네, 착한 친구 여러분, 이것으로 제 이야기는 마치겠습니다요. 더 드릴 말씀도 없군요. 칠흑 같은 어둠만 있을 뿐."

그런데 그는 그만 지팡이를 놓치고 말았다. 그것은 르픽 부인이 기대했던 바였다. 그녀는 뛰다시피 달려가 지팡이를 주워 장님에게 돌려주었다.(실제로는 돌려주지 않고 돌려주는 척만 했다.)

장님은 지팡이를 돌려받았다고 생각했는데, 손에 잡히지 않았다.

실은 르픽 부인이 교묘한 속임수를 써서, 지팡이로 유인하여 또 한 번 자리를 옮기게 했고, 나막신을 돌려준 다음 문까지 장님을 이끌고 갔다.

이어 그녀는 복수를 하듯 장님을 살짝 꼬집더니 문을 열어 거리로 내몰았다. 솜털 같은 흰눈이 내려 사방이 텅 빈 듯한 회색빛 하늘 아래, 밖에 놓고 들여놓기를 깜박 잊은 개처럼 으르렁대는 세찬 바람 속의 거리로.

르픽 부인은 문을 도로 닫기 전 장님에게 그가 귀머거리인 양 이렇게 소리쳤다.

"잘 가세요, 영감님! 받으신 돈은 잃어버리지 마시구요. 다음 주일에 봐요! 날씨가 좋고 그때까지 영감님이 살아 있다면요. 티시에 영감님, 영감님 말이 맞아요. 누가 살고 누가 죽을지 아무도 모르죠. 누구나 나름대로 고생을 하고, 또 하느님은 우리 모두를 위해 계시니까요!"

설날

눈이 내렸다. 사실, 설날에 눈이 내려야 제대로 된 설날이지 않은가.

르픽 부인은 이제는 안 쓰고 내버려둔 뒤뜰의 덧문을 잠가 두었는데, 벌써부터 동네 꼬맹이들이 그 안으로 들어가고자 연신 문의 걸쇠를 흔들어 대고 있었다. 처음에는 조심스럽게 팔로 치더니 도저히 열릴 가망이 없어 보이자 물러났다. 그리고 창가에 숨어 그들의 동태를 살피고 있는 르픽 부인에게 시선을 고정한 채, 덧문에다 마구 발길질을 해 댔다. 눈 위를 밟고 지나가는 아이들의 발소리가 매우 분주하게 들려왔다.

그 소리에 깼는지 홍당무는 자다 말고 침대에서 벌떡 일어나 허둥지둥 정원에 놓인 여물통으로 가더니만 비누도 없이 세수를 했다. 물이 꽁꽁 얼어 있어 얼음을 깨야만 했다. 얼음을 깨면서 열을 내니 온몸에 난로의 온기보다 건강에 훨씬 좋은 열기가 퍼졌다. 홍당무는 물을 얼굴에 적시는 척만 했다. 속까지 깨끗이 씻어도 매번 더럽다는 소리를 들어서인지 고양이처럼 그냥 눈곱이나 떼고 뺨만 적셨다.

이윽고 홍당무는 설날 선물을 받을 생각에 마음이 가뿐하고 상쾌해졌다. 제일 맏이인 누나 에르네스틴이 맨 앞에 서고 그 뒤에 형 펠릭스가 섰고 그 뒤에 홍당무가 섰다. 그렇게 줄을 서서 세 아이는 식당 안으로 들어갔다. 르픽 씨와 르픽 부인도 함께 온 것 같지 않았지만, 먼저 와 나란히 앉아 있었다.

누나 에르네스틴이 부모님에게 포옹을 하며 말했다.

"아빠, 엄마, 새해 복 많이 받으시고 오래오래 사세요."

형 펠릭스도 에르네스틴처럼 똑같은 말을 하고 포옹을 했는데, 너무 빨리 말하고 말끝도 흐려 잘 들리지 않았다.

홍당무는 모자 속에서 편지를 하나 꺼냈다. 풀로 봉해진 봉투에는 '사랑하는 부모님께' 라고 적혀 있었다. 주소는 없고, 한 귀퉁이에 매우 진귀하게 생긴 화려한 색깔의 새 한 마리가 단숨에 날아가는 그림이 그려져 있었다.

르픽 부인은 홍당무에게서 그 봉투를 건네받고 뜯어 보았다. 활짝 핀 꽃들이 편지지를 가득 수놓으며 레이스 모양으로 테를 두르고 있고, 간간이 홍당무가 만년필로 구멍을 낸 듯 글자들이 서로 겹치고 뭉개져 있었다.

르픽 씨 : 어라! 그럼 나는? 내 건 없는 거냐?

홍당무 : 두 분 모두에게 드리는 거예요. 엄마가 건네주실 거

예요.

르픽 씨 : 넌 나보다 엄마를 더 좋아하는구나. 그렇다면 이 10수짜리 동전이 네 주머니 속에 들어갈 일은 없을 거다.

홍당무 : 조금만 참으세요. 엄마가 다 읽어 가네요.

르픽 부인 : 나름대로 잘 썼는데, 글씨가 엉망이라 무슨 말인지 통 읽을 수가 없구나.

"자, 아빠! 이제 아빠 차례예요."

남을 챙기기도 잘 하는 홍당무가 말했다.

홍당무가 똑바로 서서 대답을 기다리고 있는 동안, 르픽 씨는 편지를 읽고, 또 읽고, 한동안 유심히 들여다보았다. 그러면서 평소 습관처럼 "아하~! 아하~!"를 연발하며 탁자 위에 편지를 내려 놓았다.

제 역할을 다 했으니 편지는 더 이상 쓸모가 없었다. 이제 모두에게 속한 물건이 되어 버렸다. 온 식구가 번갈아 읽어 보고, 만져 보았다. 누나 에르네스틴과 형 펠릭스도 차례대로 편지를 읽으며 오타를 찾아내고자 했다. 하도 틀린 곳을 지적받아 수정하다 보니, 홍당무는 펜촉을 갈아 끼워야 할 지경에 이르렀다. 그런 다음 편지는 홍당무에게 되돌아왔다.

홍당무는 멋쩍은 웃음을 지으며 편지를 이리 돌려 보고 저리 돌려 보면서 이렇게 말했다.

"누구 가지실 분?"

결국 그 편지는 홍당무의 모자 속으로 다시 들어갔다.

이윽고 아이들이 설날 선물을 받을 차례가 되었다. 누나 에르네스틴은 자기 키만한, 아니 그보다 훨씬 큰 인형을, 형 펠릭스는 당장이라도 싸움을 벌일 듯한 장난감 병정 세트 한 상자를 선물로 받았다.

"네게는 놀랄 만한 선물을 준비했지."

르픽 부인이 홍당무에게 말했다.

홍당무 : 아, 네~!

르픽 부인 : '아, 네~!' 라니 그게 무슨 뜻이야? 그럼, 뭔지 알고 있단 말이니? 그렇다면, 보여 줄 필요도 없겠구나.

홍당무 : 아니에요! 하늘에 맹세코 전혀 몰라요.

홍당무는 맹세한다는 듯 진지하게 한 손을 위로 들어 보였다. 르픽 부인은 찬장을 열었다. 홍당무는 기대에 찬 눈빛으로 마음 졸이며 지켜보았다. 르픽 부인은 찬장 안으로 어깨가 들어갈 정도로 팔을 넣어, 천천히 비밀을 간직한 표정으로 찬장 깊숙이에서 노란 종이 위에 놓인 붉은 파이프 사탕을 꺼냈다.

홍당무는 기뻐서 얼굴이 환해졌다. 그것을 갖고 어떻게 해야 하는지 잘 알고 있다는 듯, 서둘러 가족들이 보는 앞에서 한 대 피워 보였다. 형 펠릭스와 누나 에르네스틴이 부러움이 가득한(모두를 다 가질 수 없지 않은가!) 시선으로 바라보고 있는 가운데. 홍당

무는 아빠가 담배를 피울 때처럼, 엄지와 검지만으로 붉은색 파이프 사탕을 잡고 상체를 뒤로 젖힌 다음, 고개를 왼쪽으로 비스듬히 기울였다. 입 모양은 동그랗게 하고, 뺨을 오므린 다음 세게 소리까지 내며 숨을 들이마셨다.

이윽고 천장을 향해 크게 연기를 내뿜으며 말했다.

"햐! 이 파이프 잘 빨리고 좋다~!"

왕복

르픽 씨네 아이들이 방학을 맞이했다. 멀리서 부모님의 얼굴이 보이자, 홍당무는 반가움에 합승마차 안에서 벌떡 일어섰다. 그리곤 이내 망설였다.

'이쯤해서 달려가 안길까?'

그리고 또 주저했다.

'아니지, 너무 일러. 달려가다가 숨이 찰 거야. 그리고 너무 과장하면 안 되지.'

그러다 생각을 달리했다.

'아냐, 여기서부터 달려가? ……아니지, 저쯤 해서 달리지 뭐……'

또 이런저런 생각도 해 봤다.

'뛰다가 모자라도 벗겨지면 어쩌지? 그리고 어느 분을 먼저 포옹하지?'

그러는 사이 형 펠릭스와 누나 에르네스틴이 앞질러 달려가 부모님과 친숙한 포옹의 인사를 나눴다.

홍당무가 다가갔을 때는 이미 모든 게 끝난 뒤였다.

"넌, 어째 그 나이에 아직도 '아빠'가 뭐니? '아버지'라고 불러. 그리고 다 큰 애가 무슨 포옹이야. 그냥 악수를 해. 그래야 남자답지."

르픽 부인은 홍당무에게 그렇게 말한 다음, 서운해할까 봐 안아 주는 대신 이마에 딱 한 번 입을 맞추었다.

홍당무는 방학이 된 것이 너무 좋아 눈물이 다 나왔다. 사실 그는 종종 그렇게 자신의 감정을 거꾸로 표현하곤 했다.

다시 돌아가는 날(개학일은 10월 2일 월요일 아침이며, 하루가 미사로 시작된다.) 멀리서 합승마차의 방울소리가 들려오자, 르픽 부인은 양팔을 벌려 아이들을 와락 껴안았다. 하지만 그녀의 품에 홍당무는 끼어 있지 않았다. 참을성 있게 자신의 차례를 기대했지만, 이미 홍당무의 손은 합승마차 좌석 벨트를 잡고 있었다. 그리고 작별인사를 하면서 이상하게도 슬픈 순간 본의 아니게 콧노래까지 불렀다.

"어머니, 담에 또 봐요."

홍당무는 의젓하게 인사를 했다.

"저런, 머저리 같은 녀석! 도대체 너는 네가 누구라고 생각하니? 형이나 누나처럼 그냥 '엄마'라고 부르면 어디가 덧나? 쟤가 안 하던 짓을 하고 있어. 아직도 코 찔찔 꼬맹이가 무슨 '어머니'. 하던 대로 불러!"

그러면서 르픽 부인은 홍당무의 이마에 딱 한 번 입을 맞추었다. 홍당무가 서운해할까 봐.

펜대

르픽 씨가 두 아들을 맡긴 성 마르코 사립학교는 고등교육 과정을 따르고 있었다. 하루에 네 차례 학생들은 기숙사와 학교 사이를 오가는데, 날씨가 좋으면 기분도 상쾌하고 거리가 짧아서 비가 내려도 옷이 젖는다기보다는 몸을 식히는 정도였다. 이렇게 일 년 내내 걷는 것이 아이들의 건강에도 도움이 되었다.

오늘 아침에도 어김없이 아이들은 양 떼처럼 일렬로 줄을 지어 발을 질질 끌면서 걷고 있었다. 그 행렬 속에 홍당무도 들어 있었다. 고개를 푹 숙이고 걷고 있는데 이런 말이 들렸다.

"홍당무! 너희 아빠 저기 계시다!"

르픽 씨는 이렇게 불쑥 나타나 아이들을 놀라게 하는 걸 즐겨 했다. 아무런 기별도 없이 찾아와, 거리 모퉁이 맞은편 인도에 우뚝 서서는 양손을 뒤로 하고 담배를 피워 물곤 했다.

홍당무와 형 펠릭스는 행렬에서 빠져나와 르픽 씨에게 달려갔다.

"정말이네! 난 누군가 했더니, 정말 아빠였네."

"이제 알아보는 거냐?"

르픽 씨가 대꾸했다.

홍당무는 뭔가 애정 어린 답변을 하고 싶었으나 그런 말은 생각도 안 나고 마음만 바빴다. 깨금발을 하고서 아빠의 뺨에 뽀뽀를 하려 했으나, 아빠의 입가 수염에 겨우 닿았다.

그런데 르픽 씨는 이상하게도 무의식적으로 홍당무를 피하듯 고개를 꼿꼿이 세웠다. 이내 몸을 다시 굽혀 안아 주는가 싶더니만 또다시 뒤로 물러섰다. 홍당무가 애써 아빠의 뺨에 입술을 대고자 했으나 허사였다. 코만 겨우 스칠 뿐 허공에다 대고 입을 맞추었다.

홍당무는 군이 다시 하고자 애쓰지 않았다. 벌써 아빠의 이상한 반응에 당황하여 속으로 왜 그렇게 자기를 대하는지 이해해 보려 애썼다.

'아빠가 더 이상 나를 좋아하지 않는 걸까? 펠릭스 형은 꼭 안고 뒤로 물러서기는커녕 맘껏 입을 맞춰 주시잖아. 왜 나만 피하시지? 혹 일부러 질투하게 하려고 저러시나? 저번에도 그러더니 또 저러시네. 석 달 동안 부모님과 떨어져 있으면 얼마나 보고 싶은데. 연신 핥아 대며 반가워하는 강아지처럼 달려들어 떨어지고 싶지 않은데. 두 분 다 왜 나한테만 저렇게 냉정하시지?

그런 슬픈 생각에 너무도 골몰해 있던 나머지, 홍당무는 그리스어 공부는 잘 되어 가느냐는 르픽 씨의 질문에 그만 엉뚱한 대답을 하고 말았다.

홍당무 : 매번 다르죠. 작문보다는 번역이 나은데, 번역은 어림짐작으로 때려 맞추면 되거든요.

르픽 씨 : 그럼 독일어는?

홍당무 : 독일어는 발음하기가 너무 어려워요, 아빠.

르픽 씨 : 이 녀석아! 프러시아 말을 제대로 할 줄 모르면서 전쟁에 나가 어떻게 싸울래?

홍당무 : 아! 지금부터라도 배울게요. 아빠가 하도 전쟁, 전쟁 하시니까 그때까지 익혀 둘게요. 원, 참! 제가 독일어를 완전히 익힐 때까지 전쟁이 일어나면 안 되겠네요.

르픽 씨 : 이번 작문에서는 몇 등 했니? 설마 꼴찌 한 건 아니겠지.

홍당무 : 꼴찌도 한 명은 있어야죠.

르픽 씨 : 이 녀석이! 너희들에게 밥을 사 주려고 했는데. 일요일이라면 좋았을 것을! 주중에는 공부하는 걸 방해하고 싶지 않거든.

홍당무 : 저는 특별히 할 일도 없어요. 형은 어때?

형 펠릭스 : 때마침 오늘 아침에 선생님께서 숙제 내주시는 걸 깜박했어.

르픽 씨 : 그래도 공부는 꼬박꼬박 해야지.

형 펠릭스 : 아, 그럼요! 다 아는 거예요, 아빠! 어제 배운 거랑 똑같은 거였어요.

르픽 씨 : 어쨌거나 너희들은 다시 들어가는 게 낫겠다. 일요일까지 여기 있도록 노력해 보마. 그때 다시 보기로 하자.

형 펠릭스의 뾰로통해진 얼굴도, 홍당무의 부자연스런 침묵도 작별의 시간을 더 이상 오래 끌지 못했다. 헤어져야 할 시간이 되었다.

홍당무는 불안해하며 작별의 시간을 기다렸다.

'성공해야 할 텐데. 내가 입을 맞추면 아빠가 불쾌해하시나 어쩌나 봐야지.'

그리곤 결심한 듯 시선을 똑바로 하고, 입술은 쭉 높이 빼면서 다가갔다.

그러나 이번에도 르픽 씨는 방어자세로 거리를 두면서 한 팔로 홍당무를 잡았다. 그러더니 이렇게 말했다.

"이 녀석아! 너, 펜촉으로 이 아비의 눈을 찌를 셈이냐? 뺨에다 입을 맞추려면 빼 놓고 해야지. 내가 담배를 치우듯 말이야."

홍당무 : 아, 아빠! 죄송해요. 정말이지 큰일 낼 뻔했네요. 전에도 귀에다 꽂지 말라는 얘기를 듣긴 했는데, 펜대를 귀 뒤에 꽂으면 너무 편해서 늘 꽂았다는 걸 까먹어요. 펜촉만이라도 치울걸! 아! 아빠, 제 펜촉에 찔리실까 봐 피하셨다니, 너무 좋네요!

르픽 씨 : 이 녀석이! 아비 눈을 애꾸로 만들 뻔해 놓고 그렇게 웃음이 나오냐?

홍당무 : 아니에요, 아빠! 저는 다른 것 때문에 웃는 거예요. 여태껏 철석같이 믿은 어리석은 생각 때문에요.

붉은 뺨

I

취침 전 점호를 끝내자, 성 마르코 기숙학교의 사감은 이내
자리를 떴다. 그러자 일제히 학생들은 상자 안에 들어가듯 침대
속으로 미끄러져 들어갔다. 그런 다음 이불 끝이 매트에서 빠져나
오지 않도록 몸을 잔뜩 웅크렸다. 학습감독[6] 비올론은 사방을 한
번 쭉 훑어 모두 자리에 누웠음을 확인한 다음, 깨금발로 조용히
걸어 가스등의 불빛을 약간 줄였다. 그러자 이때를 기다렸다는 듯
이웃한 침대들끼리 속닥대는 소리가 퍼지기 시작했다. 베갯머리
가 들썩이며 이불 밖으로 입술들이 움직이자, 이내 기숙사 전체가
어수선한 소음으로 가득 찼다. 간간이 어디선가 짧은 휘파람 소리
가 들렸다.

희미하지만 쉼 없이 계속되는 이 속닥거림은 몹시도 귀에 거슬
려, 눈에 보이지 않지만 수선스럽게 왔다갔다하는 생쥐들처럼 밤

---

[6] 1880년대 프랑스의 사립기숙학교에 있던 일종의 계약직 교사. 기숙사에서 학생들과 함께 생활하며 저녁마다
학생들에게 복습을 시키거나 숙제를 지도하는 선생이었음.

의 고요를 갉아먹고 있었다.

학습감독 비올론은 헌 실내화로 갈아 신은 다음, 침대 사이를 오가면서 학생의 발을 간질이는가 하면, 나이트캡의 방울을 잡아당기기도 했다. 그는 매일 밤마다 마르소 곁에 가서 함께 수다를 떨며 진정한 속닥거림의 진수를 보여 주곤 했다. 보통 시간이 지나면 서서히 불이 꺼지듯 학생들은 그때까지 나누던 잡담을 그치고, 이불을 입까지 끌어올린 채 곤하게 잠들곤 했다. 그때까지도 학습감독은 여전히 마르소 침대의 철제 난간에 팔꿈치를 기댄 채, 몸을 숙이고 손목에 쥐가 날 때까지, 그리고 손가락 끝에 찌릿찌릿 전기가 느껴질 때까지 이야기를 나눴다.

비올론은 어린 시절 얘기를 즐겨 들려주고, 자신의 내밀한 속내를 털어놓으며 밤늦도록 마르소를 붙잡고 놓아주질 않았다. 사실, 그는 마르소의 부드럽고도 투명한 불그스름한 얼굴 때문에 귀여워했다. 마르소의 얼굴은 속에서 붉은 빛이 감돌아, 피부라기보다는 과육 같았다. 서로 얽혀 있는 미세한 핏줄들이 전사지 밑에 깔린 지도 위의 선들처럼, 시시각각 변화하는 모습이 선명하게 보였다. 게다가 마르소는 그 이유는 모르겠지만, 즉석에서 얼굴이 붉어지는 묘한 매력이 있어 비올론은 그를 소녀인 양 좋아했다. 종종 동기생 중 하나가 그의 뺨을 손가락 끝으로 꾹 누르고 도망가면, 마르소의 얼굴은 금세 흰 반점이 생기다가, 이내 아름답고 다채로운 붉은색으로 물들었다. 물에 포도주가 떨어진 것처럼 급속도로 번져 코끝은 다홍색, 귀는 자홍색 등 미묘한 색조의 변화까지 보였다. 학생들은 원하면 직접 시험해 볼 수도 있었다. 친절하게도 마르소는 맘껏 해 보도록 자신의 뺨을 내주었다. 이 때문에 마르소는 야등(夜燈), 램프, 붉은 뺨 등의 애칭으로 불렸다. 자기 얼굴을 맘대로 붉게 만드는 능력 때문에 마르소를 시기하는 아이들도 많이 생겨났다.

특히 침대 이웃인 홍당무가 그 누구보다 강한 질투심을 느끼고 있었다. 둔한 어릿광대에다, 곰보라고 놀림을 받는 자신의 얼굴은 밀가루 칠을 한 듯 희멀겋게 느껴졌다. 괜스레 핏기 하나 없는 자신의 살가죽을 아프도록 꼬집어 봤다. 그러면 늘 그런 것은 아니지만, 뺨 군데군데 모호한 적갈색 자국이 생겼다. 홍당무는 미운 마음에 마르소의 주홍빛 뺨을 손톱으로 확 긁어 줄무늬를 내고, 오렌지 껍질을 벗기듯 한 꺼풀 벗겨 버리고만 싶었다.

그날 밤, 오래전부터 마음먹은 대로 홍당무는 비올론이 오자마자 옆 침대로 귀를 바짝 갖다 댔다. 학습감독의 은밀한 동태를 파악해 기필코 둘의 관계를 밝혀 보리라는 야심을 품고. 의심스러운 것이 분명한 둘 사이의 대화를 엿듣기로 마음먹은 것이다. 홍당무는 집에서 갈고닦은 꼬마 첩자라는 자신의 특기를 십분 발휘해, 거짓으로 코를 고는 척하고 부자연스럽게 자세를 바꿔 가면서 침대 위에서 몸을 한 바퀴 돌렸다. 그리곤 악몽을 꾼 것처럼 비명도 질렀다. 일순간 기숙사는 두려움에 사로잡혔고, 침대마다 이불들이 파랑이 일듯 출렁였다. 이윽고 비올론이 멀어져 가자, 홍당무는 침대 밖으로 윗몸만 내밀고 거칠게 숨소리까지 내 가며 마르소를 향해 이렇게 소리쳤다.

"변태야! 변태!"

그러나 아무런 대꾸가 없다. 홍당무는 침대 위에서 무릎을 꿇고 마르소의 팔을 잡고 마구 뒤흔들며 또 한 번 외쳤다.

"내 말 안 들려? 변태!"

변태라는 말이 안 들리는 듯했다. 홍당무는 격분하여 되풀이 말했다.

"너무하잖아! 내가 두 사람을 못 본 줄 알아? 어서 말해 봐. 그가 너에게 뽀뽀를 하지 않았냐고. 어서 말해 보라니까. 너 변태 아니야?"

홍당무는 성난 숫거위처럼 고개를 내밀고 침대 옆에 주먹을 쥐고 섰다.

그런데 이번에는 대꾸가 있었다.

"그래서! 어쨌다고?"

홍당무는 얼른 허리를 굽혀 후다닥 이불 속으로 뛰어들었다.

돌연 무대에 다시 등장하듯 학습감독이 나타난 것이다!

ㄹ

"그래, 입맞춤을 했지, 마르소. 그랬다고 솔직히 말해도 돼! 넌 아무 잘못이 없으니까. 내가 네 이마에 입을 맞췄지. 허나 홍당무는 그 나이에 벌써 까질 대로 까져서 이해할 수 없단다. 그건 순수

하고 순결한 입맞춤이었어. 아빠가 아이에게 해 주는, 그래 난 너를 아들처럼 사랑하지. 아니, 네가 형을 원한다면, 난 동생처럼 너를 사랑해. 그런데 그것도 모르고 내일이면 뭔지 모를 얘기를 사방에 뿌리고 돌아다니겠지. 멍청한 꼬마 녀석!"

그렇게 말하는 비올론의 목소리는 희미하게 떨렸다.

홍당무는 잠든 척했다. 그러면서 무슨 말을 하는지 들으려고 여전히 고개를 들어올렸다.

마르소는 학습감독의 말을 들으며 가냘픈 한숨을 내쉬었다. 그의 말을 매우 당연하게 여기면서도 어떤 비밀이 드러나는 것이 아닐까 두려운 듯 떨고 있었다. 비올론은 가능한 목소리를 낮춰 가며 말을 계속했다. 멀리서 들려오는 것 같은, 겨우 들릴까 말까 한, 불분명한 발음이 들려왔다. 홍당무는 돌아누운 채, 등을 돌릴 엄두를 못 내고, 엉덩이를 가볍게 흔들면서 옆에서 느낄 수 없을 정도로 서서히 다가갔다. 하지만 소리가 들리지 않기는 마찬가지였다. 어찌나 기를 쓰고 들으려 했는지 귓구멍이 파여 깔때기처럼 안으로 빨려 들어가는 것은 아닌가 싶을 정도였다. 하지만 여전히 아무 소리도 들리지 않았다.

홍당무는 집에서 힘들여 키웠던 감각들을 총동원해 보기로 했다. 문의 자물쇠에다 귀를 바짝 붙인 후 쇠꼬챙이로 후벼 파듯이 문구멍을 넓혀, 보고 싶은 것을 자기 쪽으로 잡아당기는 상상을 하면서 어렵사리 키웠던 감각들을. 잠시 후 마침내 비올론의 목소리가 들려왔다. 예측하긴 했지만, 조금 전과 다를 바 없는 말이었다.

"그래, 내 애정은 순수하고도 순수한 것이지. 저 멍청한 꼬마 녀석은 그걸 이해하지 못한단다!"

말을 마치자, 학습감독은 몸을 기울여 마르소의 이마에 그림자를 드리우며 부드럽게 입을 맞추고, 자신의 턱수염으로 솔처럼 마르소의 얼굴을 쓰다듬었다. 그런 다음 자세를 바로 하고 자리를 떴다. 홍당무는 눈으로 늘어선 침대 사이로 미끄러지듯 빠져나가는 비올론을 뒤쫓았다. 비올론의 손이 누군가의 베개를 살짝 건드리자, 잠을 자던 아이는 방해를 받는지 거친 한숨을 내쉬며 몸을 뒤척였다.

홍당무는 오랫동안 주위의 동정을 살폈다. 비올론이 불쑥 다시 들어올까 겁났기 때문이었다. 옆 침대의 마르소를 보니, 이불 속에 공이 든 것처럼 이불을 얼굴까지 둥글게 뒤집어쓴 채 벌써 잠이 든 것 같았다. 그러나 실제 마르소는 잠들지 않았다. 잠이 달아나 조금 전 자신에게 일어난, 어떻게 받아들여야 할지 모를 뜻밖의 사건을 곰곰이 되새김질을 하고 있었다. 추잡한 것은 전혀 아니었기에 괴롭다는 생각은 들지 않았다. 하지만 어두운 이불 속에서 비올론의 모습은 상상이 보태어져 그를 자극하는 여인처럼 눈부시게 아른거리고 있었다.

홍당무는 기다리는 데 점점 지쳐 갔다. 위아래 눈꺼풀은 자석이 달린 듯 자꾸만 달라붙었다. 애써 눈에 힘을 주고 거의 다 타들어 가는 가스등에 시선을 집중해 보았다. 하지만 가스등의 압축된 기포가 밖으로 튕겨 나오며 터지는 소리를 셋까지 센 후 그만 잠이 들었다.

3

다음날 아침, 세면장에서 얼음처럼 차가운 물에 수건 귀퉁이를 살짝 적셔 뺨을 닦으며 홍당무는 사나운 눈초리로 마르소를 쏘아보았다. 자신이 할 수 있는 가장 포악한 표정을 지으며 입을 꽉 다물고 이 가는 소리까지 내면서 또 모욕적인 말을 퍼부었다.

"변태야! 변태!"

마르소의 뺨이 자줏빛으로 변했다. 그러나 화를 내지 않고 거의 애원하는 눈빛으로 대답했다.

"네가 생각하는 그런 게 아니라고 몇 번을 말해."

학습감독은 학생들이 손을 제대로 잘 씻었는지 검사도 했다. 그러면 학생들이 두 줄로 서서 자동기계처럼 먼저 손등을, 그 다음엔 재빠른 동작으로 손바닥을 뒤집어 보였다. 그런 다음 즉시 언손을 녹일 곳을 찾아 바지 주머니나 가장 가까운 침대에 있는, 채온기가 식지 않은 이불을 찾아 손을 비집어 넣었다. 보통 비올론은 손 검사를 잘 하지 않았다. 그런데 오늘 아침에는 운 사납게 홍당무가 걸려들었다. 오늘따라 홍당무의 손이 깨끗하지 않은 것을 발견한 것이다! 홍당무는 다시 씻으라는 말을 듣자 그만 격분하고 말았다. 사실, 푸르스름한 반점이 하나 있긴 했다. 홍당무는 그것이 가벼운 동상에 걸렸기 때문이라고 주장했으나 그 말은 먹히지 않았다. 비올론이 자신에게 원한이 있는 게 분명하다고 생각했다.

비올론은 규정대로 홍당무를 기숙사 사감에게 데리고 갔다.

사감은 아침형 인간으로, 이른 아침부터 그의 낡은 초록색 집

무실에 나와 있었다. 그는 한가한 시간에 고학년 학생들을 대상으로 역사를 가르쳤는데, 지금 그 수업 준비를 하는 중이었다. 그는 두꺼운 손가락 끝으로 탁자보를 꾹꾹 눌러 가며 주요 부분을 표시하고 있었다. '여기는 로마제국의 몰락, 가운데는 터키제국의 콘스탄티노플 점령, 현대사는 좀 더 멀리로 잡아야겠지. 어디선가 시작되긴 했으나 앞으로도 끝나지 않을 테니.'

그는 헐렁한 잠옷을 입고 있었다. 그는 장식 줄을 가슴에 두르고 있어서 밧줄을 감은 거대한 기둥 같았고, 가슴은 더욱 두드러져 보였다. 게다가 대식가라서 그런지 얼굴은 늘 번들거렸다. 사감은 말할 때 항상 힘이 넘쳤고, 심지어 학부모들에게도 호령하듯 말했다. 그의 목에 생긴 주름들은 옷깃 바로 위에서 천천히 물결이 일듯 리드미컬하게 출렁였다. 그의 남다른 용모 중에서 또 두드러진 곳을 들자면, 오동통한 눈과 짙고 두꺼운 콧수염이다.

홍당무는 사감 앞에서 서슴없이 행동하고 있음을 보여 주기라도 하듯 모자를 다리 사이에 끼고 꼿꼿이 서 있었다.

사감이 무시무시한 목소리로 물었다.

"무슨 일이냐?"

"사감 선생님, 학습감독 선생님이 가서 제 손이 더럽다는 걸 말씀드리라고 했습니다. 하지만 그건 사실이 아니에요!"

그러고 나서 홍당무는 양심껏 손을 내밀어 보였다. 먼저 손등을, 그 다음에는 손바닥을. 그리고 깨끗하다는 것을 입증해 보이려는 듯 다시 한 번 손바닥을 먼저, 손등을 그 다음에 내보였다.

"아, 그렇군! 너, 근신 나흘이다!"

사감이 말했다.

"사감 선생님, 학습감독 선생님은 제게 악감정이 있어요!"

"아! 악감정이 있다! 그렇다면, 근신 여드레!"

홍당무는 그가 어떤 사람인지 알고 있었다. 무르게 반응하면 그를 절대 휘어잡을 수 없다. 하여 홍당무는 의연하게 맞서기로 단단히 결심했다. 허리를 꼿꼿이 펴고, 다리도 세우고 따귀를 맞을 것도 각오한 채로 대담하게 대했다.

사실, 사감에게는 이따금 말을 잘 듣지 않는 학생을 '퍽!' 때리는 악의 없는 괴벽이 있었다. 그의 표적이 된 학생이 취해야 할 유일한 대처방법은 미리 날아올 주먹을 예측하여 몸을 피하는 것이다. 그러면 사감은 몸의 균형을 잃고 흔들렸는데, 이를 본 아이들은 터져 나오는 웃음을 꾹 참아야 했다. 그런데 사감은 한 번 실패하면 두 번 다시 때리려 하지 않았다. 체면상 그런 약삭빠른 짓을 용납하지 못했기 때문이다. 목표로 정한 한쪽 뺨에 곧바로 주먹을 날리면 그뿐, 다른 치사한 방법은 쓰지 않았다.

"사감 선생님, 학습감독 선생님과 마르소가 이상한 짓을 했어요!"

이번에는 정말 대담해진 홍당무가 확신에 차서 말했다.

그러자 초파리 두 마리가 양 눈을 향해 갑자기 달려든 듯, 사감의 두 눈동자가 흔들렸다. 그는 불끈 쥔 두 주먹으로 탁자 가장자리를 기대어 잡고는, 홍당무의 가슴 한복판에 머리를 박으려는 듯

고개를 앞으로 내밀며 엉거주춤 일어섰다. 그리고 목에 힘이 들어간 목소리로 이렇게 물었다.

"어떤 짓을?"

홍당무는 순간 몸이 얼어붙는 듯 아찔했다. 사감이 한 손으로 탁자 위에 놓인 두꺼운 역사책을 솜씨 좋게 던지겠거니 예상했기 때문이다. (어쩌면 잠시 후가 될지도 모른다.) 그런데 오히려 좀 더 상세하게 말해 보라고 하다니.

사감은 홍당무의 답을 기다리고 있었다. 그의 목 주위로 늘어진 주름들은 하나로 뭉쳐져 작고 둥근 등받이 쿠션 같았다. 그처럼 두껍고 둥근 가죽 쿠션 안에 그의 머리가 비스듬히 자리 잡고 있었다.

홍당무는 망설였다. 시간이 흐를수록 더더욱 둘러댈 말이 생각나지 않았고, 고개를 떨군 채 어색하고 당황해하는 모습이 역력했다. 홍당무는 다리 사이에 끼워 두었던 모자를 도로 챙겨 평평하게 편 다음, 엉큼하고도 조심스럽게 솜을 넣은 모자 안감 속에 그의 원숭이 같은 머리를 쑤셔 넣었다. 단 한마디 말도 못한 채.

4

같은 날, 짧은 조사를 받은 뒤 비올론은 해고를 당했다! 그가 떠나는 모습은 마치 의식을 치르는 듯 가슴이 뭉클했다.

"다시 돌아올 거야. 잠시 자리를 비울 뿐이야."

비올론이 아이들에게 말했다.

하지만 그 말을 믿는 사람은 아무도 없었다. 학교재단은 곰팡이를 도려내듯 그를 자르고 곧 다른 사람으로 교체할 것이다. 학습감독은 늘 그렇게 바뀌곤 했다. 비올론도 다른 학습감독들처럼 떠나는 거였고, 훌륭했던 것만큼 나가는 것도 빠른 셈이었다. 모든 학생들이 그를 좋아했다. 비올론은 공책 겉면에, 가령 '아무개의 그리스어 연습장'과 같은 제목을 펜글씨로 쓰는 솜씨가 뛰어났다. 특히 대문자는 간판에 인쇄된 글씨랑 똑같았다. 교실의 자리들은 텅 비었고, 학생들은 그의 사무실 주변을 에워쌌다. 반짝이는 초록색 보석 반지를 낀 비올론의 고운 손이 종이 위를 날아가듯 움직이고 있었다. 해고 서류 아랫부분에 즉석으로 서명을 했는데, 잔잔한 호수에 돌멩이가 떨어지듯, 만년필의 선이 규칙적이면서도 변덕스런 물결을 이루며 굽이치고 소용돌이치면서 서명의 끝을 장식했다. 획의 꼬리 부분은 길을 잃고 획 안으로 사라진 듯하여, 그 선을 찾기 위해선 아주 가까이서 들여다보고 한참을 찾아야 할 것 같았다. 그리고 그것은 일필휘지(一筆揮之), 단 한 번 펜을 잡고 휘둘러 장식처럼 보이는 얽히고설킨 선을 그은 거였다. 어린 학생들이 경이롭다는 듯 넋을 놓고 바라보았다.

그런 비올론이었기에, 아이들은 그의 해고를 대단히 슬퍼했다.

아이들은 사감선생에게 생전 처음으로 '우우'라고, 그러니까 뺨을 부풀리고 입술로 벌들이 날아다닐 때 내는 소리를 흉내 내면서 그같은 처사에 불만이 있음을 표시해야 한다고 뜻을 모았다.

그러나 지금은 아니고 언젠가 틀림없이 그렇게 할 날이 오리라, 하며 뜻을 미루었다.

아이들은 곧 떠나갈 비올론을 기다리며 서로를 부둥켜안고 슬퍼했다. 아쉬움을 느낀 비올론은 아이들의 환심을 사려는 듯 출발 시간을 아이들의 쉬는 시간에 맞췄다. 짐 가방을 짊어진 사동(使童)을 앞세운 그가 운동장에 모습을 보이자, 아이들이 일제히 그에게로 달려갔다. 그는 아이들과 일일이 악수를 나누고, 아이들의 얼굴을 어루만졌다. 그러면서도 자신이 입고 있던 코트의 주름 부분이 찢어지지 않도록 조심스럽게 잡아당기는 일도 잊지 않았다. 그의 얼굴은 궂은 날씨처럼 잔뜩 흐려 있었지만 감동한 듯 내내 웃고 있었다. 몇몇 아이들은 철봉에 거꾸로 매달려 있다가 맨땅 위로 펄쩍 뛰어내렸다. 입을 벌린 채 이마에는 땀을 흘리면서, 셔츠의 소매는 걷어 올리고 철봉에서 묻은 송진 때문에 손가락을 벌리고 있었다. 또 다른, 좀 더 얌전한 아이들은 운동장을 단조로이 돌고 있다가 작별의 표시로 손을 흔들었다. 짐 가방을 짊어지고 앞서 가던 사동이 거리를 유지하느라 잠시 멈춰 섰는데, 이때 작은 꼬마 녀석이 축축한 모래에 담갔던 손으로 사동의 희디흰 앞치마를 잡고 달라붙었다. 마르소의 뺨은 짙은 화장을 한 듯 자홍색으로 변했다. 그는 처음으로 가슴이 저미도록 심한 아픔을 느꼈다. 하지만 사촌누이가 떠나가듯 학습감독이 떠나가는 게 못내 아쉽다고 차마 고백할 수가 없어 초조해하면서도 부끄러워 멀리 떨어져 서 있었다. 비올론은 그런 마르소를 보자 태연하게 다가왔다. 바로 그때 어디선가 유리창이 깨지는 소리가 들렸다.

일제히 모든 시선이 독방의 창살 달린 작은 창문 쪽으로 향했다. 원시인같이 생긴 홍당무의 얼굴이 보였다. 홍당무는 우리에 갇힌 작고 못생긴 짐승처럼 창백한 얼굴로 인상을 잔뜩 찌푸린 채, 헝클어진 머리카락 사이로 눈을 번득이며 흰 이를 모두 드러냈다. 그는 유리에 베였음에도 멀쩡하다는 듯 깨진 유리창의 파편들 사이로 오른손을 내밀었다. 그리고 피가 철철 흐르는 주먹을 쥐어 보이며 비올론을 위협했다.

"이 멍청한 녀석아! 그래, 그 꼴이 되니 좋으냐!"

학습감독이 외쳤다.

"그야 물론이죠! 어째서 쟤한테만 뽀뽀를 해 주고 나한텐 안 해 준 거예요? 왜 나는 안 해 준 거냐구요?"

홍당무는 또 다른 유리창을 주먹으로 깨어 보였다.

그리고는 베인 손에서 흘러내리는 피를 얼굴에 묻히며 이렇게 말했다.

"나두 작정만 하면, 이렇게 붉은 뺨을 가질 수 있다구요!"

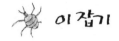 **이 잡기**

형 펠릭스와 홍당무가 방학이 되어 집에 오면, 르픽 부인
이 제일 먼저 시키는 것은 발을 씻는 일이다. 집을 떠나 기숙사에
서 지내는 근 석 달 동안 아이들은 발을 전혀 씻지 않기 때문이다.
게다가 처음 지금의 학교를 택할 때 학교 소개 안내책자 어디에도
그런 규정은 없었다.

"네 발은 얼마나 더러울꼬! 우리 가엾은 홍당무!"

르픽 부인의 짐작은 정확했다. 홍당무의 발은 언제나 형 펠릭
스보다 훨씬 까맸다. 그런데 왜 그런 걸까? 둘 다 똑같은 학교를
다니고, 똑같은 공기를 마시면서 나란히 지내는데 말이다. 분명,
석 달 후 집에 돌아오면 형 펠릭스의 발도 하얗진 않았지만, 홍당
무 자신이 봐도 과연 자기 발이 맞는가 싶을 정도로 시커멨다.

창피를 아는지, 홍당무는 마술사가 요술을 부리듯 눈 깜짝할
사이 따뜻한 물이 담긴 함지 속으로 발을 집어넣었다. 그 동작이
하도 빨라 가족들은 미처 그의 발이 양말에서 나오는 것도 보지
못했다. 그의 발은 진작부터 함지 한가운데를 떡하니 차지하고 있

는 형의 발과 뒤섞였는데, 얼마 지나지 않아 두꺼운 때들이 물 위로 한가득 떠올랐다.

르픽 씨는 평소 습관처럼 이 창문에서 저 창문으로 왔다갔다하며, 아이들의 학기말 성적표를 읽고 또 읽었다. 특히 교장 선생이 직접 쓴 통신란을 눈여겨 읽는데, 펠릭스는 "덤벙거리나 영리함. 성적이 향상될 것임."이라 적혀 있고, 홍당무는 "본인이 작정만 하면 두각을 나타내나 항상 작정하는 것은 아님."이라 적혀 있다.

홍당무가 가끔씩 두각을 보인다는 평가는 온 가족을 즐겁게 했다.

지금 홍당무는 양 무릎 위에 팔짱을 끼고 발을 물에 담그고 편안히 불리고 있다. 그러자 가족들로부터 관찰을 받고 있다는 느낌이 들었다. 가족들은 홍당무의 치렁치렁하고 거무칙칙한 붉은색 머리카락 때문에 더욱 못생겨 보인다고 생각하는 중이었다. 르픽 씨는 그러한 가족들의 견해에 반대하며, 왔다갔다하면서 홍당무에게 짓궂은 장난을 걸며 다시 만난 기쁨을 표현했다. 우선, 지나갈 때에는 홍당무의 귀를 손가락으로 튕겼다가, 다시 돌아올 때는 팔꿈치로 그를 툭 건드렸다. 그러면 홍당무도 기분이 좋아 마냥 웃었다.

그러다 르픽 씨가 홍당무의 머릿속에 손을 집어넣고 이를 잡는 시늉을 하며 손톱으로 따닥 소리를 냈다. 이것은 그가 즐겨하는 장난이다.

그런데 단 한 번 만에 실제로 이가 잡혔다.

"아! 겨냥을 잘해서인지 단번에 잡았구나."

르픽 씨는 그렇게 말하면서도, 약간은 역겨운 듯 홍당무의 머리카락에 이가 묻은 손톱을 닦았다. 이를 본 르픽 부인은 기겁을 하며 허공에다 대고 삿대질을 하면서 호들갑을 떨기 시작했다.

"세상에! 설마 했더니! 하느님 맙소사! 우리는 이렇게 깨끗한데 쟤는 왜 저러나 몰라! 에르네스틴, 어서 가서 대야 좀 가져오너라. 얘, 아가! 네 일이 또 하나 늘었구나!"

누나 에르네스틴은 대야와 참빗, 그리고 컵 받침에 식초를 담아 가져왔다. 본격적인 이 사냥이 시작되었다.

"나 먼저 빗어 줘! 분명 나한테 옮겼을 거야."

형 펠릭스는 그렇게 외치며, 열 손가락으로 머리를 박박 긁어 댔다. 그러더니 머리를 깨끗이 감아야 한다며 양동이에 물을 가져다 달라고 야단이었다.

"얌전히 좀 있어, 펠릭스! 아프게 하지 않을게."

뭔가 나서서 해 주길 좋아하는 에르네스틴이 말했다.

에르네스틴은 펠릭스의 목에 수건을 두른 다음, 한 손으로 펠릭스의 머리를 가르고, 또 다른 한 손으로는 빗을 세심하게 잡고 이 잡기에 나섰다. 자애로운 엄마처럼 인내심을 보이며 징그럽거나 깔보는 내색도 하지 않았다.

에르네스틴이 "하나 더 있네!"라고 말하자, 펠릭스는 함지 안에서 발을 구르며, 홍당무에게 주먹을 쥐어 보였다. 홍당무는 묵묵히 발을 담그고 앉아 자기 차례가 오기만을 기다렸다.

"펠릭스, 넌 다 했어! 예닐곱 마리 정도밖에 없네. 한번 세어

봐! 어디, 이제 홍당무 건 얼마나 되
나 볼까."

　단 한 번의 빗질로 홍당무는 형
펠릭스를 능가해 버렸다. 누나
에르네스틴은 이의 소굴을 건
드린 게 아닐까 생각했으나 우
연히 그놈들이 몰려 있는 데를
긁어냈을 뿐이었다.

　온 가족이 홍당무를 에
워쌌다. 누나 에르네스틴
은 이 잡기에 푹 빠졌고,
르픽 씨는 뒷짐을 진 채 호
기심 많은 구경꾼처럼 그 작
업을 눈으로 좇았으며, 르
픽 부인의 입에서는 연신
탄식의 소리가 흘러나왔다.

　"어머! …… 저런 세상에!
…… 어머머! …… 삽이나
갈퀴라도 가져와야 되는
거 아냐!"

　형 펠릭스는 몸을 웅크려 대야를 뒤적이며 누나가 빗으로 걸러
내는 이들을 받았다. 이는 비듬에 싸여서 나왔는데, 이의 작은 발

들은 잘린 섬모처럼 움직였다. 이들은 대야가 좌우로 흔들릴 때마다 같이 휩쓸려 흔들렸고, 식초를 뿌리자 순식간에 죽어 버렸다.

르픽 부인 : 정말이지, 홍당무야, 널 도무지 이해할 수가 없구나. 다 큰 애가 창피한 줄이나 알아. 발은 우리 눈에 어쩔 수 없이 띄니까 씻겠지만. 이들에게 그렇게 먹히면서도 선생님이나 가족에게 한마디 말도 안 하니? 어디 설명 좀 해 봐. 그렇게 물어뜯기는데도 그냥 내버려두고 참고 견디니 즐겁든? 머리는 엉망진창 헝클어진 데다 피까지 나는 것 좀 봐.

홍당무 : 빗에 할퀴어서 그래요.

르픽 부인 : 아, 빗 때문이라고! 쟤 봐라! 누나한테 고맙다는 말은 못하고 저렇다니까! 에르네스틴 너도 들었지? 까다로우신 양반이 미용사를 나무라는구나. 애야, 그냥 저렇게 벌레에 뜯기다 죽게 내버려둬라.

누나 에르네스틴 : 오늘은 그만 할게요, 엄마. 대충 큰 것만 잡았어요. 내일 다시 쭉 훑어야 해요. 그리고 향수도 뿌리고 해야 할 것 같아요.

르픽 부인 : 홍당무, 너는 이 대야를 들고 나가 정원 담장 밑에 둬. 온 마을 사람들이 지나다가 보도록 말이야. 넌 창피를 톡톡히 당해야 돼.

홍당무는 대야를 들고 밖으로 나갔다. 햇볕이 쪼이도록 놓고

그 곁에 지켜보고 앉았다.

처음 다가온 사람은 마리 나네트 할머니였다. 그녀는 홍당무를 만날 때마다 매번 가던 길을 멈추고 몹시도 나쁜 작은 눈으로 짓궂게 홍당무를 훑듯이 바라보곤 했다. 그리고 검은 모자를 만지작거리면서 무슨 영문인지 알아맞히려고 애썼다. 이번에도 그냥 지나가지 않았다.

"그게 뭐니?"

그러나 홍당무는 아무 대꾸를 하지 않았다. 그러자 할멈은 대야를 들여다보려 몸을 숙였다.

"렌즈콩이니? 희미해서 잘 안 보이는구나. 우리 아들 피에르가 안경을 사 줬어야 했는데."

그녀는 한번 맛을 보겠다는 듯 손가락을 가져다 댔다. 그런데 정말이지 그게 뭔지 전혀 모르는 눈치였다.

"그리고 애야, 넌 거기서 뭘 하는 거니? 입은 튀어나오고. 눈에는 근심이 가득해가지고 말이야. 분명 혼이 나서 벌을 서고 있는 게지. 자, 내 말 좀 들어 보렴. 네 할미는 아니지만 생각난 거니까 말은 해야겠구나. 어린 녀석이 참 불쌍하지! 벌써부터 고되게 사는구나!"

홍당무는 할머니의 귀가 잘 들리지 않는다는 걸 생각해 내고는 이렇게 말했다.

"그래서요? 그게 할머니랑 무슨 상관이에요? 할머니 앞가림이나 잘 하시고 저는 그냥 내버려두세요!"

브루투스[7] 처럼

르픽 씨 : 홍당무야, 기대를 했었는데 작년엔 공부를 열심히 하지 않았구나. 성적표를 보면 더 잘 할 수 있었을 거라던데 말이야. 공상이나 하고 읽지 말라는 책이나 읽으니 그러지. 암기력이 좋아서 수업시간에는 꽤 높은 점수를 받으면서도 숙제는 전혀 하지 않았잖니. 홍당무야, 착실해질 생각을 해야지.

홍당무 : 절 믿으세요, 아빠. 작년엔 제가 대충 공부한 게 사실이긴 해요. 하지만 올해는 열심히 할 마음이 생겼거든요. 물론 우리 반에서 전 과목 일등을 하겠다는 약속은 못하지만요.

르픽 씨 : 어쨌든 노력은 해 봐라.

홍당무 : 싫어요. 아빠, 요구가 너무 과하시네요. 저는 지리나 독일어, 물리, 화학 과목은 자신 없어요. 무척 잘하는 녀석들이 두세 명 있는데, 나머지 과목에선 맥을 못 춰서인지 내내 그것

---

7) 브루투스(Brutus). 고대로마 공화정 말기의 정치가. 명문가 출신이며 소(小) 카토의 조카로 그 밑에서 스토아 이념 교육을 받았고, 후에 카이사르의 양자가 되었으나 공화정 전통수호를 위해 카이사르 암살을 주모했다. 고결한 인품과 탁월한 웅변가이자 문장가로 유명하다.

만 파고 있어요. 걔네들을 제치는 건 불가능해요. 하지만 제 말씀 좀 들어 보세요, 불어 작문만큼은 누구에게도 양보하고 싶지 않아요. 설사 제 노력이 헛되더라도 후회하진 않을 거예요. 브루투스처럼 이렇게 용감하게 외칠 수 있을 테니까요. "오 덕망이여! 너는 한낱 이름에 지나지 않는구나!"

르픽 씨 : 아! 얘야, 난 네가 잘 해내리라 믿는다.

형 펠릭스 : 쟤가 방금 뭐랬어요, 아빠?

누나 에르네스틴 : 나도 못 들었어.

르픽 부인 : 나두다. 다시 말해 볼래, 홍당무?

홍당무 : 아! 아무 말도 안 했어요, 엄마.

르픽 부인 : 뭣이라? 아무 말도 안 했다고. 그렇게 큰소리로 얼굴은 벌게 갖고, 하늘에다 삿대질을 하면서 일장 연설을 해 놓고는. 온 동네가 떠나가도록 소리를 질러 놓고는 뭘 그래! 그 문장 다시 한번 말해 봐. 우리도 한번 써먹어 보게.

홍당무 : 그러실 필요 없어요, 엄마.

르픽 부인 : 아니다, 아니야! 너 어떤 사람 이름을 댔잖니. 그게 누구였니?

홍당무 : 엄마는 모르는 사람이에요.

르픽 부인 : 그러니까 더욱 말해 보라는 거지. 네가 똑똑하다는 걸 굳이 감출 필요가 있겠니. 어서 말해 봐!

홍당무 : 에…… 그럼! 엄마, 아빠랑 얘기를 나누다 아빠가 친구처럼 조언을 해 주시길래 감사한다는 뜻으로 맹세를 해야겠다

는 생각이 갑자기 들어서, 뭔가…… 그러니까 브루투스라는 로마인처럼 덕망이 어떻다 운운하면 좋겠다 싶어서…….

르픽 부인 : 하이고! 시시해라! 횡설수설이구나. 그냥 좀 전에 네가 했던 말을 토씨 하나 바꾸지 말고 얘기해 보라니까. 뭐, 대단한 걸 요구하는 것도 아니구만. 그 정도는 이 엄마에게 해 줄 수 있잖니.

형 펠릭스 : 제가 대신 할까요, 엄마?

르픽 부인 : 아니다! 쟤가 먼저 하고, 너는 그 다음에 해라. 어디 비교해 보자꾸나. 자, 홍당무, 어서!

홍당무 : (울먹이는 목소리로 더듬거리며) 더…… 덕망이여, 너…… 너어는 하…… 한낱 이…… 이름에 지나지 않는구나.

르픽 부인 : 실망이구나! 도무지 저 애한테서는 뭘 제대로 기대할 수가 없어요. 제 엄마를 기분 좋게 해 주는 것보다 오히려 두들겨 맞는 걸 택한다니까.

형 펠릭스 : 자! 엄마, 제가 해 볼게요. (눈동자를 굴리며 도전하듯 바라보며) 내가 불어 작문에서 일등을 하지 못하면 (뺨을 불룩 내밀고 발을 구르며) 브루투스처럼 외치겠어요. (천장을 향해 양팔을 치켜들며) 오 덕망이여! (올렸던 팔을 다시 내려 허벅지에 붙이면서) 너는 한낱 이름에 지나지 않는구나! 이렇게 말했어요.

르픽 부인 : 브라보! 멋지다! 홍당무, 어쨌든 축하하마. 그렇게 고집을 피우지 않았으면 좋았을 텐데, 안타깝구나. 모방이란 원본만 못 하잖니.

형 펠릭스 : 근데, 홍당무! 브루투스가 그렇게 말했어? 카토 아니었어?

홍당무 : 브루투스가 맞아. "이윽고 그는 친구 중 하나가 건넨 검으로 자기 몸을 찔러 숨을 거뒀다."라고 적혀 있거든.

누나 에르네스틴 : 홍당무가 맞아. 브루투스가 지팡이 속에 금을 넣고 미친 체했다는 것도 기억나.

홍당무 : 누나, 미안한데, 다른 브루투스와 혼동하는 것 같네.

누나 에르네스틴 : 맞는데. 우리 소피 선생님도 너희 학교 선생님 못지않게 역사를 달달 외우게 하신다구.

르픽 부인 : 얘들아! 별로 중요하지 않으니 그만들 싸워라. 중요한 건 우리 집에 브루투스가 하나 있다는 거란다. 홍당무 덕분에 사람들이 우릴 부러워하게 생겼구나. 이렇게 영광스러울 수가. 새로운 브루투스를 찬양하기나 하자꾸나. 미사 때 라틴어를 말하면서 귀머거리들을 위해 되풀이 말하는 걸 거절하는 주교님 같잖니. 재를 한번 쭉 훑어봐라. 앞에서 보면, 오늘 처음 입은 웃옷에 벌써 얼룩을 묻히고, 뒤에서 보면 바지는 찢어지고. 아니, 홍당무 나리, 어디를 행차하셨길래 그 꼴이래요? 아니지, 브루투스 홍당무지. 얘들아, 저 브루투스(Brutus) 홍당무 꼴 좀 봐라. 어린 짐승(brute)[8] 같지 않니!

---

8) Brutus와 발음이 유사한 'brute' 란 단어를 사용하여 말장난을 치면서 홍당무를 놀리고 있음.

사랑하는 아빠께,

방학 때 했던 낚시질만 생각하면 아직도 몸이 근질근질해요. 근데 제 엉덩이에 못이 박혀, 그러니까 종기가 생겨 침대에 누워 있는 신세가 됐어요. 지금도 누워 있는데 간호사 아주머니께서 찜질을 해 주고 계세요. 종기가 아직 곪아 터지지는 않아 무척 아파요. 어쨌거나 더 이상 신경 쓰지 않으려고 하는데, 병아리들이 알을 까고 나오듯 자꾸만 생겨요. 하나가 나으면 세 개가 더 생기는 꼴이에요. 하지만 별것 아닐 거라고 생각하고 싶어요.

아들 홍당무 올림

사랑하는 아들 홍당무에게,

네가 첫 영성체를 준비하면서 교리반에 다니고 있으니까 인류 중에서 못을 가진 사람이 너만은 아니라는 걸 알 게다. 예수 그리스도는 그 못을 팔과 다리에 모두 지니고 계셨다. 그럼에도 그분은 불평하지 않으셨지. 그리고 그분이 지닌 못은 진짜 못이었단다.

그러니 용기를 내렴!

사랑하는 아비가

사랑하는 아빠께,

제게 새 이빨이 하나 돋아났다는 소식을 기쁜 마음으로 알려 드려요. 제가 아직 어리긴 하지만, 사랑니가 일찍 난 거라고 생각해요. 이 사랑니가 하나로 그치지 않기를 바라며 언제나 훌륭한 행동과 마음으로 아버지를 기쁘게 해 드리겠습니다.

아들 홍당무 올림

사랑하는 아들 홍당무에게,

네 이가 나오기 시작했을 때 내 치아 하나가 흔들리기 시작했다. 그러더니 어제 아침 빠졌지 뭐냐. 따라서 너는 치아가 하나 더 생기고, 이 아비는 하나가 없어진 셈이다. 그래서 변한 것은 하나도 없단다. 우리 가족 전체의 치아 수는 그대로이니 말이다.

사랑하는 아비가

사랑하는 아빠께,

상상이 가실지 모르지만, 어제가 저희 라틴어 선생님이신 자크 선생님의 생신이라 아이들이 만장일치로 저를 생신기념 축사 낭독자로 뽑았어요. 그런 영광을 얻어 너무도 기쁜 나머지 라틴어 인용구도 끼워 넣어가며 한참이나 공들여 축사를 준비했지요. 정말 거짓말 하나 안 보태고 그렇게 하는 것만으로도 만족했어요. 그렇게 쓴 것을 큰 종이에 다시 정성껏 옮겨 적었어요. 그리고 라틴어 수업이 막 시작되자 아이들이 속삭이듯 "어서 나가! 어서 나가라니까!" 하면서 하도 성화를 해서 자크 선생님이 저희를 보지 않는 틈을 타서 강단 위에 올라갔어요. 그런데 축사를 하려고 막 종이를 펼쳐 들어 큰 목소리로 또박또박 "존경하는 스승님께"라고 낭독을 하려는데, 선생님께서 화를 내시며 일어서더니 이렇게 버럭 소리를 지르시지 뭐예요.

"어서 냉큼 네 자리로 돌아가지 못해!"

아이들이 책 뒤로 얼굴을 숨기고 있는 동안 제가 얼마나 급히 도망치듯 내려와 제자리로 돌아갔게요. 자크 선생님은 화가 나 이렇게 명령하듯 말씀하셨어요.

"라틴어 원문이나 번역해라."

사랑하는 아빠, 뭐라고 말씀 좀 해 주세요.

그에 대한 르픽 씨의 답장

사랑하는 홍당무에게,

네가 어른이 되어 국회위원이 됐을 때는 그보다 더한 사람들도 보게 될 거다. 각자 나름의 역할이 있는 거란다. 네 선생이 강단에 있는 건 분명히 강의를 하고자 그 자리에 있는 거지, 네 연설을 듣고자 있는 건 아니란다.

사랑하는 아빠께,

아빠가 주신 토끼를 저희 역사와 지리 담당 선생님이신 르그리 선생님께 드리고 방금 돌아왔어요. 그 선물이 선생님의 마음에 꼭 드셨나 봐요. 아빠께 너무 감사하다는 말씀을 전해 드리라 하셨거든요. 제가 젖은 우산을 들고 댁에 들어가자, 선생님께서 손수 제 우산을 받아 현관입구에 걸어 주셨어요. 그런 다음 저희는 이런저런 얘기를 나눴답니다. 선생님께서는 제가 원하기만 한다면 올 학기 말에는 역사와 지리 과목에서 일등을 할 수도 있을 거라 말씀해 주셨어요. 그런데 대화하는 내내 저는 서 있었던 거 아세요? 그 점만 빼면 르그리 선생님은 매우 다감하세요. 또 반복하는 말이지만, 제게 자리에 앉으라는 말씀을 안 하신 거 있죠.

깜박하신 걸까요? 아니면 예의를 모르셔서 그러는 걸까요?

전 모르겠어요. 사랑하는 아빠, 아빠의 의견이 어떤지 궁금해요.

사랑하는 홍당무에게,

너 투덜이구나. 저번엔 자크 선생님이 자리에 앉으라고 했다고 뭐라 하더니, 이번엔 르그리 선생님이 서 있으라 했다고 뭐라 그러는구나. 네가 너무 어려 여러 면을 고려할 줄 모르는 것 같다. 르그리 선생님이 네게 자리를 권하지 않은 것은 네가 용서해라. 아마도 네 키가 하도 작아 앉아 있다고 생각하셨나 보다.

홍당무가 르픽 씨에게 보낸 편지

사랑하는 아빠께,

파리에 가실 거라고 들었어요. 제가 몹시 궁금해하는 수도에 가신다 하니 저 또한 기쁘고 마음으로나마 함께 하겠습니다. 저는 학교 때문에 함께 갈 수는 없지만 이 기회에 책 두세 권을 사다 주실 수 있는지 여쭤 보고 싶어요. 제 책들은 다 외워 버렸거든요. 지금 적어 드리는 책들 중 아무거나 골라 사 주셨으면 해요. 사실 모두가 비슷하거든요. 그래도 되도록이면 볼테르의 『앙리아드』[9]와 루소의 『누벨 엘로이즈』[10]였으면 좋겠어요. 아빠가 그 책들을 사다 주시면(파리에서는 책값이 거저니까) 학습감독 선생님한테 절대 뺏기지 않겠다고 맹세할게요.

---

9) 볼테르(1694~1778)가 1728년 발표한 서사시로 종교전쟁을 끝나게 한 앙리 4세를 찬양하는 내용을 담고 있다.
10) 루소가 1761년에 발표한 서간체 소설로, 중세 신학자 아벨라르(Abelard)와 엘로이즈(Heloise) 간의 정신적 사랑을 바탕으로 새롭게 그린 작품. 귀족 출신의 여주인공 줄리(Julie)와 평민 출신의 가정교사 생프뢰(Saint Preux) 간의 사랑과 번민을 통해 진정한 사랑과 고결한 가정의 참모습을 그리고 있다.

사랑하는 홍당무에게,

네가 언급한 작가들은 모두 너나 나와 다를 바 없는 사람들이
란다. 그들이 했던 걸 너도 할 수 있단다. 글들을 써 봐라. 그리고
그런 다음 쓴 것들을 읽어 보렴.

르픽 씨가 홍당무에게 보낸 편지

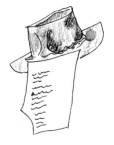

사랑하는 홍당무에게,

오늘 아침 네 편지를 받아 보고 무척 놀랐
단다. 나는 헛되이 읽고 또 읽었다. 그런데 이
편지는 보통 때의 네 문체도 전혀 아니고, 너와 나랑은 아무 상관
이 없어 보이는 이상한 것들을 이야기했더구나.

보통 너는 네 주변의 자잘한 일상을 이야기하고, 학급에서 몇
등이나 했는지, 선생님마다 네가 찾아낸 장단점이 무엇인지, 새
로 사귄 친구의 이름이 뭐고, 옷은 깨끗한지, 잠은 잘 잤으며 밥은
잘 먹는지 등에 대해 주로 말했잖니.

내가 관심 있어 하는 건 바로 그런 것들이란다. 오늘은 통 무슨
말을 하는지 이해할 수가 없구나. 말이 났으니 말인데, 아직도 겨
울인데 '봄을 향한 외출'이란 말은 뭔 말이냐? 뭘 말하고자 했던

거냐? 마스크라도 필요하다는 말이냐? 또 네 편지에는 날짜도 없고 주소도 없어 나한테 보낸 건지 어느 집 개한테 보낸 건지 도통 모르겠구나. 글씨체도 바뀐 거 같고, 문단 배열이나 무수히 많은 대문자들도 어리둥절하구나. 요는 네가 누군가를 놀리려고 하는 것 같은데, 결국 그게 너 자신인 것 같더구나. 그리고 너를 뭐라고 나무라는 게 아니라 그냥 그렇다는 것을 명심했으면 한다.

그에 대한 홍당무의 답장

사랑하는 아빠께,

지난번 보내 드렸던 편지에 대해 해명할 게 있어 이렇게 급히 몇 글자 적어요. 아빠는 잘 모르셨나 본데, 그건 시(詩)로 쓴 편지였어요.

토끼장

예전에는 암탉, 토끼, 돼지들이 낮고 좁은 한지붕 밑에서 옹기종기 살았던, 그러나 이제는 텅 비어 버린 토끼장은 방학 동안 홍당무의 차지다. 지금은 문도 없어 힘들이지 않고 쉽게 안으로 들어갈 수 있다. 휑한 문턱에는 벌써부터 가늘고 호리호리한 쐐기풀들이 돋아나, 바닥에 엎드려 보고 있으면 난쟁이나무들이 자라는 밀림 같다. 바닥에는 가는 먼지들이 덮여 있고, 벽돌들은 습기를 머금어 햇빛에 반사되어 반짝였다. 천장은 홍당무의 머리가 스칠 정도의 높이였다. 홍당무는 토끼장을 제 집이라 생각해 편안히 맘껏 놀다 가곤 한다. 여느 아이들과는 달리, 홍당무는 장난감들을 거추장스럽게 생각해 거들떠보지도 않고, 대신 이곳에서 맘껏 상상의 나래를 펼쳤다.

토끼장에서 홍당무가 즐겨하는 놀이는 엉덩이로 땅을 비벼 파서 네 귀퉁이마다 그만의 둥지를 만드는 일이었다. 그런 다음 흙손인 양 손으로 흙먼지를 퍼 담아 작은 방석을 만들어 그 위에 깔고 앉았다.

미끈거리는 벽에 등을 기댄 채 책상다리를 하고 앉은 홍당무는 무릎 위에 양손을 올려놓았다. 그러면 토끼 굴에 들어가 앉은 토끼처럼 마음이 아늑하고 편안했다. 정말 그에게 이보다 딱 맞는 자리는 없을 것 같았다. 홍당무는 만사를 잊고, 더 이상 두려운 것도, 무서운 일도 없었다. 행여 어딘가에서 천둥이 친다면 모를까.

이따금 멀지 않은 곳으로부터 설거지물이 개수구를 통해 토끼장 안으로 들어왔다. 때로는 폭우처럼, 또 때로는 똑똑 한 방울씩. 그럴 때면 홍당무는 그 물을 피하지 않고, 구석에 붙은 붙박이장처럼 꼼짝 않고 앉아서 어디선가 신선한 바람이 불어오나 보다 어렴풋한 생각만 했다.

그런데 별안간 자명종이 울리듯 그를 부르는 목소리가 들려왔다. 그 소리는 사람의 발소리와 함께 점점 가까이 다가왔다.

"홍당무? 홍당무?"

이윽고 사람 머리가 하나 보이자 홍당무는 몸을 공처럼 잔뜩 움츠려 구석에 파 놓은 굴 안으로 더 들어갔다. 숨도 꾹 참고, 눈도 깜빡 않고서, 바깥의 시선이 어둠을 더듬고는 토끼장에서 완전히 사라질 때까지 가만히 있었다.

"홍당무, 너 거기 없어?"

숨을 참다가 얼굴이 빨간 풍선처럼 관자놀이까지 부풀어 오르자, 홍당무는 너무 숨이 막혀 소리를 내지르고 싶었다.

"어, 없잖아! 이 생쥐 같은 녀석, 도대체 어디 간 거야?"

이윽고 그 목소리가 사라지자, 홍당무는 움츠렸던 몸을 다시 펴고 숨을 들이마셨다.

그는 여전히 긴 침묵의 길 위를 걸으며 생각에 잠겼다.

하지만 이내 소음이 귓속을 가득 채웠다. 천장을 바라보니 초
파리 한 마리가 거미줄에 걸려 벗어나려고 한참 발버
둥을 치고 있었다. 이윽고 거미가 거미줄을 따라
미끄러지듯 내려왔다. 하얀 배는 빵 부스러기라도
먹은 듯 불룩하고 투명했다. 거미는 잠시 매달려
있다가 불안을 느낀 듯 몸을 웅크렸다.

홍당무는 엉덩이를 살짝 들어올려 대단원의 결말을 기
대하며 염탐하듯 지켜보았다. 극의 주인공 거미는 먹잇감에 달려
들어 거미줄로 휘감은 다음 숨통을 조였다. 홍당무는 이 장면에
그만 매료되어 자리에서 벌떡 일어났다. 자신도 나름의 역할이
있다는 듯이.

그러나 더 이상의 역할은 필요 없었다.

거미는 다시 원위치로 올라갔고, 홍당무도 제자리에 앉아 본연
의 자신으로 돌아왔다. 어두운 굴속에 사는 토끼의 영혼으로.

이윽고 모래에 막힌 물줄기처럼, 홍당무의 공상은 방향을 잃고
멈췄다. 그리고 물웅덩이를 이루더니 이내 고인 물이 되었다.

 고양이

ㅣ

홍당무는 이런 얘길 들은 적이 있다. 가재를 잡는 데에는 고양이 고기만한 훌륭한 미끼가 없다고. 닭 내장이나 푸줏간의 허드레 고기는 비교도 안 될 정도라고.

그런데 홍당무는 늙고 병들어, 여기저기 털을 뿌려 댄다고 천대를 받는 고양이 한 마리를 알고 있었다. 홍당무는 그 고양이를 우유로 유인하여 자신의 집까지, 그러니까 토끼장까지 끌고 왔다. 그리하여 토끼장 안에 단 둘만 있게 되었다. 모험심 강한 쥐가 벽을 뚫고 튀어나올 수도 있겠지만, 홍당무는 고양이에게 우유밖에 먹을 것이 없다고 달랬다. 우유가 든 접시를 한구석에 놓고는 고양이를 그쪽으로 떠밀며 말했다.

"맘껏 먹어라."

홍당무는 고양이의 등을 쓰다듬고 어루만지며, 되도록 가혹한 말은 하지 않으려 애쓰면서 측은해하듯 이렇게 말했다.

"불쌍한 녀석, 얼마 남지 않았으니 실컷 먹고 즐기렴."

고양이는 이내 접시를 비우더니 바닥까지 핥고, 접시 가장자리에 남은 한 방울까지 깨끗이 핥아먹었다. 그리고 그것으로는 양이 차지 않는지 제 주둥이에 묻은 것까지 싹싹 핥아먹었다.

"다 먹었니, 다 먹었어? (홍당무가 계속 고양이를 쓰다듬으며 말한다.) 한 접시 더 먹고 싶겠지만, 집에서 들고 나온 게 이것밖에 없단다. 그리고 더 먹으나, 덜 먹으나 마찬가지니까!"

이 말을 마치자마자, 홍당무는 고양이의 이마에 총구를 들이대고 총을 쏘았다.

폭음이 하도 커 귀가 찢어질 듯 멍멍했고, 토끼장이 통째로 날아가는 것 같았다. 자욱했던 포연(砲煙)이 가신 후 발밑을 살펴보니, 고양이가 한쪽 눈만 치켜뜬 채 그를 바라보고 있었다.

고양이의 두개골은 절반이 이미 날아가 버렸고, 우유를 담았던 접시에는 피가 흥건히 고여 있었다.

"죽은 것 같지 않은데. 저런, 잘 맞춰서 쏘았는데."

홍당무는 고양이를 건드릴 엄두가 나지 않았다. 노랗게 반짝이는 애꾸눈을 보자 마음이 심란했기 때문이다.

몸체가 요동치는 것으로 보아 고양이는 살아 있는 것 같은데, 좀처럼 움직이려 하지 않았다. 그리고 일부러 접시에 피를 흘리는 것처럼 보였다. 단 한 방울도 남김없이 다 짜내려는 것처럼.

물론 홍당무가 동물을 죽인 건 이번이 처음은 아니다. 이미 야생 조류나 가축, 개 등은 재미 삼아서 혹은 다른 이들이 잡아 달라고 해서 죽인 적이 몇 번 있었다. 그리고 동물을 죽일 때는 어떻게 행동해야 하는지 알고 있었다. 죽지 않고 살아 있는 경우 서둘러 마무리를 해야 하며, 때로는 열에 들떠 격분하고, 필요한 경우 육탄전도 불사해야 한다는 것도 알고 있었다.

그렇지 않으면 그릇된 동정심에 사로잡히고, 비겁해져서 때를 놓치게 된다. 그러면 결코 끝나지 않는 것이다.

홍당무는 먼저 신중하게 고양이를 건드려 보았다. 그런 다음 고양이의 꼬리를 움켜잡고 엽총 개머리판으로 목덜미를 여러 번 거세게 내리쳤다. 매번 이번이 마지막인 것처럼, 그리고 고양이에게 신의 가호가 있기를 바라는 마음이었다.

고양이는 죽어 가면서 미친 듯 발톱으로 허공을 마구 할퀴고, 이내 몸을 둥글게 웅크리는가 싶더니 몸을 쫙 뻗어 버렸다. 그리고 더 이상 아무 소리도 지르지 않았다.

"노대체 누가 그런 거야? 고양이들이 죽을 때 운다고."

홍당무는 마음이 초조하면서 짜증이 났다. 아직도 죽지 않았다. 시간이 너무 길었다. 홍당무는 들고 있던 엽총을 내던져 버리고, 아예 양팔로 고양이의 목을 휘감듯 잡았다. 고양이의 발톱에 긁히면서도, 이를 꽉 물고 몸에서 피가 거꾸로 솟을 듯 숨을 참으면서 고양이의 숨통을 조였다.

한데 숨 막히기는 홍당무도 마찬가지였다. 그는 비틀거리고, 지쳐 쓰러져 바닥에 주저앉았다. 고양이 얼굴에 자신의 얼굴을 대고, 고양이의 외눈과 자신의 두 눈을 마주한 채로.

2

홍당무는 지금 철제 침대에 누워 있다. 홍당무의 부모와 그들
로부터 급히 호출을 받은 친지들이 잔혹극이 벌어졌던 현장으로
달려와, 토끼장의 낮은 천장 밑을 굽어보았다.

"아! 글쎄, 어찌나 가슴팍에 꽉 끌어안고 있던지, 그애에게서
뼈가 으스러진 고양이를 떼어 내느라 젖 먹던 힘까지 다 썼지 뭐
예요. 자기 엄마인 저를 그렇게까지 꽉 안아 준 적이 단 한 번도
없으면서요."

르픽 부인이 저녁식사 후 이제는 전설이 된, 홍당무가 벌인 잔
혹극의 뒷이야기를 자세히 들려주고 있는 동안 홍당무는 꿈나라
를 헤매고 있었다.

홍당무는 어느 개울가를 따라 산책을 하고 있었다. 그런데 달
이 그를 내내 따라오더니, 두 개의 대바늘처럼 두 줄기로 갈라져
교차했다.

작은 그물에 담긴 고양이 살점들이 투명하고 맑은 물 속에서
타오르듯 반짝였다.

풀밭 위로는 흰 안개가 땅에 닿을 듯 말 듯 미끄러졌고, 그 속에
서 변덕스러운 유령들이 모습을 보이다 말다 하는 듯 느껴졌다.

홍당무는 아무것도 두렵지 않다는 것을 보여 주려는 듯 뒷짐
을 진 채 걸었다.

어디선가 소 한 마리가 나타나, 그에게 다가와 멈추더니 한숨
을 내쉬고 이내 도망을 쳤다. 사라져 가는 소의 발굽소리가 하늘

까지 요란하게 퍼졌다.

엄마와 동네 아줌마들이 소란스럽게 수다를 떠는 것처럼, 시끄럽게 재잘대는 개울물 소리만 없다면 사방이 조용할 것 같았다.

홍당무는 개울물을 조용히 시키기라도 하려는 듯 천천히 낚싯대를 들어 물에 내리치고자 했다. 바로 그 순간, 저 멀리 갈대숲에서 거대한 가재들이 모습을 보였다.

가재들은 몸체가 점점 더 커지더니 달빛을 받아 반짝이면서 물 밖으로 나와 홍당무를 향해 똑바로 걸어왔다.

홍당무는 가슴을 짓누르는 듯한 고통에 몸이 굳어져 도망치고 싶었지만 발이 땅에서 떨어지지 않았다.

가재들은 그의 주변을 점점 에워싸기 시작했다.

그리고 큰 집게를 들어 올려 홍당무의 목을 향해 다가왔다.

'딱딱딱' 집게들이 내는 소리가 무시무시하게 울렸다.

마침내 가재들이 일제히 집게를 떡 벌려 홍당무에게 달려들었다.

양

홍당무는 처음에 막연히 뭔가 둥근 물체가 뛰어오르나 보다 생각했다. 아이들이 학교 운동장에서 뛰어놀 때 나는 소리처럼, 온갖 잡음이 뒤섞이고 귀가 멍할 정도로 소란스러웠다. 그중 하나가 홍당무의 다리 사이에 비집고 들어, 홍당무는 움직일 수가 없었다. 헛간 창으로 햇빛이 비쳐들자 또 다른 하나가 팔딱 뛰어오르는 모습이 보였다. 다름 아닌 새끼 양이었다. 홍당무는 그런 것도 모르고 두려움을 느꼈던 자신이 멋쩍어 절로 빙그레 웃음이 나왔다. 차츰 눈이 어둠에 익어 가자, 세세한 것까지 자세히 보였다.

요즘이 양들에게는 출산 시기였다. 농부 파졸이 아침마다 양들을 세는데, 매일 새끼 양이 두세 마리씩 늘어나고 있었다. 새끼 양들은 어미 양들 사이에 여기저기 흩어져, 뻣뻣한 다리를 후들거리며 서투르게 서 있었다. 그들의 네 발은 아무렇게나 다듬어 깎은 네 개의 나무토막 같았다.

홍당무는 감히 새끼 양들을 쓰다듬을 엄두를 내지 못했다. 오히려 새끼 양들이 더 대담스러워 벌써부터 홍당무의 신발을 핥거나 입 안에 건초더미를 넣은 채 그에게 앞발을 내밀어 보였다.

새끼 양들 중 조금 더 나이든, 그러니까 태어난 지 일주일이 된 녀석들은 엉덩이에 잔뜩 힘을 주다가 그만 긴장이 풀려 갈지자를 그리며 다녔다. 태어난 지 채 하루가 안 된 힘없는 녀석들은 각진 무릎을 꿇고 넘어졌다 다시 생기를 회복해 일어나곤 했다. 갓 태어난 녀석 하나는 어미가 채 핥아 주지도 않아 태막을 뒤집어쓴 채 겨우겨우 움직이고 있었다. 어미를 보니 양수가 채 빠지지도 않은 태낭(胎囊)을 몸에 대롱대롱 붙이고 있었다. 그 때문에 거동이 불편해서인지 다가오는 새끼를 머리로 밀쳐 냈다.

"나쁜 어미네!"

홍당무가 말했다.

"사람이나 짐승이나 마찬가지지."

파졸이 대꾸했다.

"유모가 필요할지도 모르겠어요."

"그럴지도 모르지. 아무래도 한 마리 이상은 우유병으로 먹어야 할 거다. 왜 있잖니? 약국에서 파는 것과 같은 우유병 말이야. 그래도 오래가진 않을 게다. 어미가 곧 측은해할 테니까. 게다가 계속 그러면 억지로라도 먹이게끔 하거든."

파졸은 어미 양의 어깨를 잡고 끌어서 우리 한쪽 구석에 떼어 놓았다. 그리고 새끼를 피하지 않도록 새끼줄로 목을 묶었다. 그러자 새끼 양이 어미를 쫓아왔다. 어미 양이 질근질근 씹어 가며 건초를 먹자, 어린 새끼는 몸을 부르르 떨면서 여린 네 발로 서서 어미젖을 빨려고 애를 썼다. 채 떨어지지 않은 젤리 같은 점막이 주둥이에 붙어 있어 보기에도 안쓰러웠다.

"그런데 어미가 다시 정을 붙일까요?"

"그럼, 엉덩이가 나으면 그럴 게다. 지금은 난산을 하느라 힘들어서 저러지."

"궁금한 게 또 있는데요. 잠시라도 다른 어미 양에게 새끼를 맡겨 두면 안 되나요?"

"다른 어미들이 받아 주질 않아."

그때 외양간 네 모퉁이에서 어미 양들이 새끼들에게 젖 먹는 시간을 알리듯 '매애~' 하고 우는 소리를 냈다. 홍당무의 귀에는 모두 똑같은 소리로 들렸지만 새끼 양들에게는 각기 다른 소리로 들리는지 정확히 제 어미의 젖을 찾아갔다.

"그리고 양들은 남의 새끼를 훔치지도 않아."

"참 신기하네요. 그냥 털실을 뒤집어쓴 것 같은 애들이 가족에 대한 본능이 있다니. 어떻게 이해해야 되죠? 코가 예민해서 그런가요?"

홍당무는 한 마리를 잡고 코를 막으면 어떻게 되는지 시험이라도 해 보고 싶었다.

홍당무는 양과 사람 간의 차이를 골똘히 비교하다가 문득 새끼 양들의 이름이 알고 싶어졌다.

젖을 빠는 동안, 이따금 새끼 양들은 젖을 찾느라 코로 어미의 허리를 들이박기도 했다. 하지만 어미들은 아랑곳하지 않고 평화로이 건초를 씹어 먹고 있었다. 홍당무는 여물통을 들여다보다가 그 안에 쇠사슬 조각들과 각종 바퀴 테, 심지어 낡은 삽까지 들어 있는 것을 발견했다.

"여물통이 참 깨끗하네요! 물론 양들이 철을 먹고 더 튼튼해지라고 저렇게 고철을 넣으셨겠죠!"

홍당무가 비꼬는 투로 말했다.

"당연하지. 너도 알약 많이 먹잖니!"

파졸은 그렇게 말하면서 홍당무에게 한번 여물통에 고인 물 맛을 보라고 권했다. 파졸은 양들에게 좋기만 하다면 아무거나 마구 넣을 사람이었다.

"너도 베르댕(berdin)[11] 하나 줄까?"

"네! 고맙습니다!"

홍당무는 그게 뭔지도 모르면서 대답했다.

파졸은 한 어미 양의 두꺼운 털 속에서 뭔가를 찾더니 손톱으로 노랗고 포동포동한 큼지막한 베르댕 한 마리를 잡았다. 파졸의 말에 의하면, 그 정도 크기의 베르댕, 그러니까 이가 두 마리만 있어도 아이 머리 하나는 너끈히 갉아먹는다고 했다. 복숭아씨를 갉아먹듯 말이다. 파졸은 홍당무의 손바닥 한가운데 그 녀석을 올려놓으며, 장난치고 싶으면 형이나 누나의 머리나 목 속에 쑤셔 넣

---

11) 이를 가리키는 프랑스 어의 사투리.

으라는 조언도 덧붙였다.

　벌써 그 녀석은 홍당무의 손바닥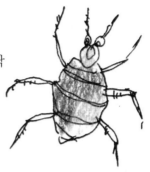
에서 작업을 시작하고 있었다. 피
부를 공격하여 홍당무는 손가락
이 따끔거렸다. 싸락눈을 맞을 때
드는 느낌과 같았다. 곧이어 그
녀석은 손목으로, 이내 팔꿈치까지 올라왔다. 증식을 하면서 팔
은 물론이고 어깨까지 갉아먹을 것 같았다.

　하는 수 없이 홍당무는 그 녀석을 잡았다. 손톱으로 으깬 다음,
파졸이 안 보는 사이 어미 양의 등에 대고 손을 슬쩍 닦았다. 그리
고는 그만 놓쳤다고 말할 작정이었다.

　잠시 후 홍당무는 명상하듯 또다시 양들의 울음소리에 귀를 기
울였다. 차츰 조용해지면서 곧이어 질근질근 턱으로 건초를 씹는
소리만 들려왔다.

　창틀 꼴 시렁에 매달린 듯 걸린 목동의 빛바랜 줄무늬 외투만
이 양들을 지키고 있었다.

대부

　이따금 르픽 부인은 홍당무가 대부의 집에 가서 자고 오는 것을 허락했다. 홍당무의 대부는 나이가 지긋한 사람으로, 무뚝뚝하고 혼자 있기를 좋아해 주로 낚시를 하고 포도밭을 가꾸며 소일했다. 그는 좋아하는 사람이 아무도 없었지만 홍당무만은 유달리 아끼고 예뻐했다.

　"햐, 이게 누구야! 우리 귀염둥이 오리가 여길 다 오고!"

　"안녕하셨어요, 대부? 제 낚싯줄 챙겨 두셨죠?"

　홍당무는 대부의 뺨에 뽀뽀는 하지 않고 그냥 말로만 인사를 했다.

　"우리 둘이 하나면 되지."

　홍당무는 곳간 문을 열어 자신이 쓸 낚싯줄이 있음을 확인했다. 이처럼 대부는 짓궂게도 항상 거꾸로 말했다. '아니다' 라고 말하고 싶으면 '그렇다' 라고 말했고, '그렇다' 라고 해야 하는 경우는 그 반대로 말했다. 홍당무는 이미 익숙해서인지 전혀 화를 내지 않았고, 그런 청개구리 대화법이 둘 사이엔 아무 문제가 되지 않았다. 중요한 건 대부의 말에 속지 않으면 되는 거였다.

'대부가 재미있어하면, 나도 기분 나쁘진 않지.'

홍당무는 속으로 그렇게 생각했다.

둘은 좋은 친구였다.

대부는 보통 일주일에 딱 한 번 요리를 하는데, 특별히 오늘은 홍당무를 위해 아궁이에 불을 지피고, 큼지막한 솥에 비계가 섞인 고기와 강낭콩을 가득 넣고 삶기 시작했다. 그리고 하루 일과는 포도주 한잔과 함께 시작해야 한다며 홍당무에게 포도주 원액을 그냥 마시게 했다.

이윽고 그들은 낚시를 하러 갔다.

대부는 물가에 앉아 명주 낚싯줄을 차근차근 풀었다. 그는 엄청난 길이의 낚싯줄에 무거운 돌을 엮어 큰놈들만 낚았다. 그리고 살아서 파닥거리는 녀석들을 아기에게 배내옷을 입히듯 수건으로 돌돌 말아 두었다.

"찌가 세 번 가라앉을 때까지 기다려야 해. 그런 다음 줄을 당기는 거야."

홍당무 : 왜 세 번이에요?

대부 : 첫 번째는 아무 신호도 아니거든. 그냥 고기가 가볍게 물렸다는 거지. 두 번째는 좀 믿을 만한 거지. 미끼를 삼켰다는 신호니까. 마지막 세 번째가 진짜야. 이제 단단히 걸려들었다는 뜻이거든. 그러면 아무 때나 그냥 잡아당기기만 하면 돼.

홍당무는 모래무지 낚시를 가장 좋아했다. 신발을 벗고 강에 들어가 발로 모랫바닥을 헤집으며 흙탕물을 만들었다. 그러면 멍청한 모래무지들은 숨어 있던 모래 속에서 놀라 밖으로 튀어나왔다. 낚싯줄을 던질 때마다 자동으로 한 마리씩 걸려들었기에, 홍당무는 건져 올리면서 대부에게 소리쳐 알리기 바빴다.

"열여섯, 열일곱, 열여덟! 열여덟 마리나 돼요!"

대부의 머리 위로 해가 비추면, 그러니까 해가 중천에 뜨면 집으로 돌아가 점심을 먹었다. 대부는 홍당무에게 흰 강낭콩을 입안에 가득 넣어 배불리 먹도록 했다.

"이보다 더 맛 좋은 게 없단다. 특히 푹 삶은 게 제일이지. 자고 새 날개 속에 박힌 총알처럼 입 안에서 와작와작 씹히는 강낭콩을 먹을 거라면, 난 차라리 곡괭이에 달린 쇠붙이를 씹어 먹겠어."

홍당무 : 이건 혀에서 살살 녹네요. 보통 엄마도 썩 괜찮게 만드시는데, 요즘은 영 아닌 거 있죠. 크림을 아끼려고 적게 넣는 게 분명해요.

대부 : 오리야, 난 네가 잘 먹는 걸 보면 흐뭇하단다. 집에선 엄마가 그리 잘 먹이질 않는가 보구나.

홍당무 : 모든 게 엄마 식욕에 달렸거든요. 엄마가 배가 고프면 저도 실컷 먹어요. 엄마가 직접 음식을 접시에 담아 주는데, 배가 고프면 평소보다 많이 덜어 주세요. 그리고 엄마가 다 먹으면, 저도 그만 먹어요.

대부 : 이 바보야, 더 달
라고 해야지.

홍당무 : 말은 쉽죠. 하지
만 어딘지 모자라게 먹는 게 더
나아요.

대부 : 난 자식이 없어 그런지, 내 자식이라면 원숭
이라 해도 엉덩이까지 핥아 주겠구만! 이건 그냥 알아
서 듣고 넘겨라!

두 사람은 포도밭에서 남은 오후를 보냈다. 홍당무는 대부가
곡괭이질을 하는 것을 졸졸 따라다니면서 구경하기도 하고, 포도
나무 가지 단 위에 누워 하늘을 바라보면서 버드나무 새순을 빨아
먹기도 했다.

샘물

잘 시간이 되자, 홍당무는 대부와 한 침대에 나란히 누웠다.
방 안 공기는 차가웠으나 깃털 이불이 덮인 침대는 지나치게
따뜻했다. 깃털 이불은 대부가 오랫동안 써서 그런지 매끈하고 부
드러웠다. 하도 따뜻하여 홍당무는 누운 지 채 얼마 되지 않아 땀
에 흠뻑 젖었다. 그는 대부에게 엄마와도 한 침대에서 잘 때가 있
지만 멀리 떨어져 잔다고 말했다.

"그래, 엄마가 그렇게 무섭니?"

홍당무 : 글쎄요, 그보단 오히려 엄마가 절 전혀 무서워하지
않나 봐요. 형은 무서워하시는 것 같은데 말이죠. 가령 형은
요, 엄마가 때리려고 빗자루를 들면, 빗자루를 움켜잡고 엄마
앞에서 딱 버티고 서 있어요. 그러면 신기하게도 엄마는 때리
려던 걸 딱 멈추세요. 형을 다룰 때는 매질보다는 살살 구슬리
는 게 낫다고 보시나 봐요. 형은 천성적으로 예민한 성격이라
때리는 건 아무 효과가 없고, 그건 제게나 통하는 거라고 말씀

162

하시곤 해요.

대부 : 너도 빗자루를 한번 써 보지 그랬냐?

홍당무 : 아! 제가 감히 어떻게요? 형과는 자주 싸워요. 진짜로 싸울 때도 있고 장난으로 싸울 때도 있는데, 사실 저도 형만큼 힘이 세요. 한번은 형처럼 빗자루를 들고 버티듯 서 있어 봤는데요. 엄마는 제가 알아서 회초리를 들고 있다고 생각하셨나 봐요. 글쎄 제 손에 있던 것을 어느새 잡아채시더니, 갖다 줘서 고맙다는 말까지 하고는 때리셨어요.

대부 : 오리야, 그만 자자! 잠이나 자자!

하지만 홍당무도 대부도 잠이 오지 않았다. 홍당무는 몸을 뒤척이며, 덮고 있는 이불이 답답한지 숨을 크게 쉬고자 이불 밖으로 고개를 내밀었다. 대부는 그런 홍당무를 보며 무척 안쓰러워했다.

홍당무가 막 잠이 들려고 하는 순간, 갑자기 대부가 홍당무의 팔을 잡았다.

"오리야, 너 자니? 꿈을 꿨는데, 네가 여전히 샘물에 빠져 있지 뭐냐. 그 샘물 기억나지?"

홍당무 : 물론이죠, 대부. 뭐라는 게 아니라, 틈만 나면 말씀해 주셨잖아요.

대부 : 불쌍한 우리 오리! 난 그때 생각만 하면 온몸에 소름이

돈는다. 그때 난 풀밭에서 잠을 자고 있었지. 너는 샘물가에서 놀다가 그만 미끄러져 물에 빠졌어. 네가 소리를 지르고 발버둥을 쳤는데도, 난 바보처럼 아무것도 못 들었지 뭐냐. 근데 그 샘물은 고양이나 겨우 빠져 죽을 정도로 깊지도 않았어. 그런데도 넌 나오지 못하더라고. 재수가 없었던 게지. 근데 넌 정말 헤엄쳐 나올 생각도 못한 거냐?

홍당무 : 물에 빠져 허우적대는데 무슨 생각이 있었겠어요!

대부 : 어쨌거나 네가 허우적대는 통에 잠에서 깼지. 안 그랬으면……. 아, 생각만 해도 아찔하다. 불쌍한 우리 오리! 불쌍한 우리 오리! 펌프에서 물이 나오듯 토해 내더구나. 그래서 젖은 옷을 벗기고 베르나르 녀석의 주일용 예복으로 갈아입혀 줬지.

홍당무 : 네, 그래서 몸이 근질근질했었죠. 온몸이 가려워 얼마나 긁어 댔게요. 도대체 옷을 말총으로 만들기라도 했나요?

대부 : 아니다. 빨지 않아서 그랬지. 지금이야 웃으며 얘기하지만, 단 일 분, 아니 단 일 초만 늦었어도 넌 죽었을 게야.

홍당무 : 아주 먼 곳으로 떠났겠죠.

대부 : 이 녀석, 못 하는 말이 없구나! 바보 같은 말을 한다 하겠지만, 그날 이후로 난 제대로 잠을 잔 적이 없단다. 벌을 받은 건지 잠이 싹 달아나 버렸어. 하긴 그래도 싸지.

홍당무 : 대부, 전 거기에 해당되지 않으니까 푹 잘래요.

대부 : 그래, 자거라. 우리 오리는 자야지.

홍당무 : 제가 자길 원하신다면, 대부, 제 팔은 놓아 주세요. 제가 잠들고 나면 그때 잡으시구요. 그리고 다리도 치워 주실래요? 대부의 다리에 난 털 때문에요. 전 다른 사람과 몸이 닿으면 잠을 잘 수가 없어요.

자두

한동안 서로 이불 속에서 뒤척이다, 대부가 홍당무에게 말을 붙였다.

"오리야, 너 자냐?"

홍당무 : 아뇨.
대부 : 나도 그런데, 그럼 우리 일어나서 지렁이나 잡으러 갈까?

"그것 좋죠."

두 사람은 침대에서 벌떡 일어나 옷을 갈아입은 다음, 초롱에 불을 켜 들고 정원으로 나갔다.

홍당무는 초롱불을 들고, 대부는 자그마한 흰색 철제 상자를 챙겼다. 상자 안에는 젖은 흙이 절반 이상 담겨 있었는데, 대부는 낚시 미끼에 쓰려고 틈만 나면 지렁이들을 잡아 담아 두곤 했다. 대부는 습기가 마르지 않도록 그 위를 축축한 이끼로 덮어 두는 일도 잊지 않았다. 하루 온종일 비가 오는 날이면 상자에 차고 넘

치도록 풍성한 수확을 거두었다.

"걸을 때 신경을 써라. 살포시 걸어야 해. 감기 걱정만 아니라면 덧신을 신었으면 좋았을걸. 작은 소리에도 지렁이들은 구멍 속으로 들어가 버린단다. 지렁이가 제 집 밖으로 멀리 나와 있을 때에만 잡을 수 있어. 그리고 잡을 때는 순간에 팍 낚아채야 해. 잡은 다음에는 미끄러져 놓치지 않도록 약간 꼭 잡고. 몸이 반쯤 집에 들어갔을 경우에는 그냥 놓아줘라. 안 그럼 끊어지니까. 잘린 지렁이는 쓸 데가 없어요. 다른 것들까지 썩게 만들고, 물고기들은 예민해서 그런 지렁이들은 거들떠도 안 본단다. 간혹 어떤 낚시꾼들은 미끼를 아끼려고 그런 걸 쓰기도 하지만 그건 잘못된 생각이야. 온전한 상태로 싱싱하게 살아 있는, 그래서 물속 깊이 넣었을 때 꿈틀거리는 것을 써야 비로소 좋은 고기를 낚을 수 있단다. 지렁이가 웅크러 들면 고기들은 걔네들이 도망가는 줄 알고 잽싸게 쫓아와 안심하고 덥석 물거든."

"나는 거의 매번 잡았다 놓치는데. 게다가 손은 끈적끈적 더러워지고요."

홍당무가 중얼거렸다.

대부 : 지렁이는 더러운 게 아니란다. 지렁이는 세상에서 가장 깨끗한 것들 중 하나지. 흙만 먹고 살거든. 배를 눌러 보렴, 그럼 흙만 나올 게다. 난 먹기도 하는걸.

홍당무 : 제가 잡은 거 다 드릴 테니 한번 드셔 보세요.

대부 : 그건 너무 커. 그런 것들은 불에 구워 빵 위에 뿌려 먹어야지. 작은 것들을 생으로 먹는 거지. 가령 자두 속에 든 벌레처럼 말이다.

홍당무 : 아, 그건 저도 알아요. 그래서 저희 식구들이, 특히 엄마가 대부를 몹시 징그럽게 생각해요. 엄마는 대부 생각만 하면 속이 매스꺼운지 헛구역질도 하세요. 전 지렁이 먹는 것까지는 따라하지 못하겠지만 어쨌거나 대부 편이에요. 대부는 성격도 까다롭지 않고 저하고 잘 통하잖아요.

홍당무는 초롱불을 높이 들고, 자두나무 가지 하나를 잡아 당겨 자두 몇 개를 땄다. 그런 다음 멀쩡한 것은 자기 몫으로 챙기고, 벌레 먹은 것들은 모두 대부에게 주었다. 대부는 자두 씨까지 통째로 그냥 먹으며 이렇게 말했다.

"맛 좋은데!"

홍당무 : 와~! 저도 익숙해지면 대부처럼 먹을래요. 근데 다른 건 다 괜찮은데, 입에서 냄새가 날까 봐 그게 마음에 걸려요. 엄마가 절 껴안을 때 냄새가 나면 먹은 게 탄로나잖아요.

"아무 냄새도 안 나. 자, 봐라."
그렇게 말하며 대부는 홍당무의 얼굴에 대고 입김을 불었다.

홍당무 : 어, 정말이네! 담배 냄새밖에 안 나네요. 근데, 담배 냄새가 코를 찔러요. 대부, 전 대부를 좋아하지만 다른 사람들처럼 담배를 안 피우면 훨씬 더 좋겠어요.

대부 : 이 녀석이! 그건 좀 봐주라!

"엄마! 엄마!"

에르네스틴이 가쁜 숨을 몰아쉬며 다급한 듯 달려왔다.

"홍당무가 마틸드라는 꼬마애랑 풀밭에서 신랑신부 놀이 한 대요. 펠릭스가 치장해 주고 있고요. 근데, 그런 놀이 하면 못쓰죠?"

실제 풀밭을 보니, 마틸드가 흰 꽃이 주렁주렁 달린 야생 종덩굴로 몸을 치장한 채 차려 자세로 꼼짝 않고 서 있었다. 잔뜩 치장한 마틸드의 모습은 흡사 결혼식을 치르는 어엿한 신부 같았다. 화관으로 흰색 오렌지꽃 대신 야생 덩굴을 쓴 것만 빼면 말이다.

마틸드의 머리 위에 올려진 종덩굴은 물결무늬를 이루며 턱까지 내려와 등 뒤로 한 바퀴 감긴 후 팔을 따라 돌돌 말렸다가, 허리 선을 따라 흘러내려 끝이 땅에 닿는 순간 다시 감아 올려졌다. 이렇게 끝도 없이 긴 덩굴 화관은 다름 아닌 펠릭스의 작품이었다.

펠릭스는 신부 치장을 끝내자 고칠 데가 없나 진지한 표정으로 뒤로 물러서며 말했다.

"움직이지 말고, 그대로 있어야 해. 자, 이젠 홍당무, 네 차례야."

홍당무 차례가 되자, 펠릭스는 신랑 차림으로 마틸드처럼 똑같이 흰 꽃 달린 종덩굴로 몸 군데군데를 둘러 준 다음, 마틸드와 구별되도록 양귀비꽃과 산사나무의 붉은 열매, 그리고 노란 민들레 등으로 치장을 했다. 비록 놀이였지만 세 아이의 표정은 자못 진지했다. 행사별로 각각 어떤 태도를 취해야 하는지 알고 있었다. 장례식 때는 슬픈 표정을 처음부터 끝까지 지어야 하고, 결혼식 때는 미사가 끝날 때까지 진지한 표정을 지어야 한다는 것을. 놀이라고는 하지만 그렇게 하지 않으면 재미가 없었다.

"자, 이젠 손을 맞잡고. 신랑신부 입장해! 천천히!"

펠릭스가 말했다.

홍당무와 마틸드는 서로 떨어져 평상시 걸음으로 앞으로 행진을 했다. 마틸드는 치렁치렁한 옷이 발에 밟히자, 옷자락을 걷어 올렸다. 그러는 사이, 홍당무는 이미 내뻗은 발 하나를 그냥 둔 채 신부가 따라와 주길 정중한 자세로 기다렸다.

형 펠릭스는 두 사람을 풀밭 가장자리로 안내했다. 자신은 앞에서 뒷걸음질치면서, 두 사람에게 걷는 박자를 알려 주려고 양팔을 시계추 모양으로 좌우로 흔들었다. 펠릭스는 처음에는 시장(市長)이 되어 두 사람을 박수로 맞이하고, 그 다음엔 사제가 되어 두 사람을 축복해 주고, 또 하객이 되어 축하해 주고, 곧이어 축가를 부르는 악사가 되어 막대를 바이올린 삼아 엉터리 연주를 마쳤다.

그리고 두 사람을 이리저리 데리고 다니다가
문제가 생긴 듯 이렇게 말했다.

"잠깐! 엉켰네."

그러더니 마틸드의 화관을 손바닥으로 납작하
게 눌러 편 다음, 다시 신랑신부에게 행진을 계속
하게 했다.

"아야!"

마틸드가 인상을 찌푸렸다.

덩굴손 하나가 마틸드의 머리카락을 잡아당기고 있었다. 펠릭
스는 덩굴손을 아예 통째로 뽑아 내고는 계속 걷게 했다.

"그만 됐어. 이제 둘은 결혼을 했고, 뽀뽀만 하면 돼."

홍당무와 마틸드가 머뭇거렸다.

"이! 뭐야! 뽀뽀하라니까. 결혼하면 뽀뽀하잖아. 어서, 사랑을
표현해야지. 둘 다 돌처럼 굳었네."

펠릭스는 제법 인생의 선배 티를 내면서 서투른 두 사람을 놀
려 댔다. 그 나이에 벌써 사랑고백을 해 본 사람처럼 말이다. 펠릭
스는 어떤 식으로 해야 하는지 보여 주려는 듯 먼저 마틸드에게
입을 맞췄다.

이에 힘을 얻어, 홍당무도 대담하게 주렁주렁 달린 덩굴을 헤
치고 마틸드의 얼굴을 찾아 뺨에다 입을 맞췄다.

"농담이 아니라, 나 정말 너랑 결혼할 거야."

홍당무가 말했다.

마틸드도 답례를 하려는 듯 홍당무에게 입을 맞췄다. 그러고 나니 어색해져 둘 다 얼굴이 빨개졌다.

그러자 펠릭스가 놀려 댔다.

"얼레꼴레~ 빨개졌대요! 빨개졌대요!"

펠릭스는 양손의 검지를 서로 비벼 대고, 입술에 침을 발라 가며 두 사람을 놀렸다.

"바보들! 지들이 정말 결혼한 줄 아나 봐!"

"나 하나도 빨개지지 않았어. 그리고 계속 놀려 대. 형이 우리 결혼을 막진 못할 테니까. 엄마만 허락한다면 말이야."

하지만 바로 그때, 엄마가 나타나 허락하지 않는다고 대답했다. 르픽 부인은 풀숲 가장자리에 쳐 둔 울타리를 밀치고 풀밭으로 들어왔다. 그 뒤로 고자질한 에르네스틴이 따라오고 있었다.

울타리 근처를 지나가다가, 르픽 부인은 나뭇가지 하나를 부러트려 나뭇잎들을 떼어 내고 가시들은 그대로 두었다.

갑자기 내린 소나기처럼 채 피할 겨를도 없이 엄마가 곧장 걸어오자, 펠릭스가 말했다.

"뺨 맞겠다. 조심해!"

그러더니 냅다 도망을 쳤다.

홍당무는 도망가지 않고 그냥 서 있었다. 평상시 같았다면, 비겁하긴 해도 쏜살같이 달아났을 법도 한데, 오늘은 웬일인지 용기가 생긴 모양이었다.

마틸드는 몸을 부르르 떨면서, 놀랐는지 딸꾹질까

지 해 가며 펑펑 울기 시작했다.

홍당무 : 걱정 마. 내가 우리 엄마를 잘 아는데, 나만 때릴 거야. 내가 다 맞을게.

마틸드 : 그래! 하지만 너희 엄마가 울 엄마한테 다 말하면, 울 엄마가 날 때릴 거야.

홍당무 : 버르장머리를 고쳐 주시는 거지. 그걸 버르장머리 고친다고 해. 방학 숙제라고 생각하면 돼. 너희 엄마가 네 버르장머리를 고쳐 주시니?

마틸드 : 여러 번. 때에 따라 다르지만.

홍당무 : 난, 거의 매일 그래.

마틸드 : 하지만 난 아무 짓도 안 했어.

홍당무 : 괜찮을 거야. 오셨다. 조심해!

르픽 부인이 다가왔다. 그녀는 양 손으로 아이들을 잡았다. 그러더니 잠시 숨고르기라도 하려는 듯 시간을 뒀다. 엄마가 너무 가까이 다가가자, 에르네스틴은 두려운지 극이 펼쳐지고 있는 중심에서 살짝 비켜섰다.

홍당무는 엉엉 울고 있는 '그의 아내' 앞에 떡 버티고 섰다. 몸은 야생 덩굴들과 흰 꽃들이 한데 뒤엉켜 있었다. 르픽 부인의 회초리가 들어 올려져 휘몰아칠 만반의 태세를 갖춘 순간, 벌써 목은 움츠러들고 허리에선 열이 나고 장딴지도 얼얼했지만, 홍당무는 창백한 얼굴로 팔짱을 낀 채 어디서 그렇게 외칠 용기가 났는지 모르겠지만 아무튼 이렇게 외쳤다.

"뭐가 어때서 그래요? 장난인데!"

금고

그 다음날, 마틸드는 홍당무를 만나자 이렇게 말했다.

"너희 엄마가 우리 엄마한테 죄다 일러바쳐서 내가 볼기를 얼마나 맞았게. 너도 맞았지?"

홍당무 : 나? 기억이 잘 안 나. 근데 넌 맞을 만한 짓도 안 했잖아. 우리가 나쁜 짓을 한 것도 아니고.

마틸드 : 그러게, 전혀 안 했는데.

홍당무 : 네가 나랑 결혼할 거라고 확실히 말해 주면 긴히 해 줄 얘기가 있어.

마틸드 : 나 너랑 정말 결혼할 거야.

홍당무 : 너는 가난하고 나는 부자지만 널 업신여기지 않을 테니까 너무 걱정하지 마. 널 아껴 줄게.

마틸드 : 홍당무, 네가 얼마나 부잔데?

홍당무 : 우리 부모님은 백만 프랑은 족히 갖고 계셔.

마틸드 : 백만 프랑이면 어느 정도인데?

홍당무 : 무지 많은 거지. 백만장자들은 평생을 써도 다 못 쓴다 잖아.

마틸드 : 종종 우리 부모님들은 가진 돈이 별로 없다고 불평하 시긴 해.

홍당무 : 아, 그래! 우리 부모님들도 그러신데. 하긴 우리 부모 님은 남들이 불평하니까, 또 질투심을 불러일으키려고 불평하 는 거 같아. 우리 집이 부자라는 건 내가 알지. 매달 초하루면 아빠는 방에 들어가 혼자 잠시 계시는데, 그럴 때면 '끼기긱' 하고 금고 자물쇠를 따는 소리가 나. 밤마다 들리는 청개구리 소리 있잖아? 꼭 그 소리 같아. 그러면 아빠는 아무도 모르는 암호 같은 말을 하시지. 엄마도, 형도, 누나도, 아무도 몰라. 나 랑 아빠만 알지. 그러면 금고 문이 열려. 아빠는 금고에서 돈을 꺼내 부엌 식탁 위에 올려놓으셔. 아무 말씀도 안 하고, 동전 소 리만 내시지. 그러면 엄마가 뒤돌아보시고 잽싸게 돈을 챙기 셔. 매달 그래. 아주 오래전부터. 그러니 금고 안에 백만 프랑은 족히 있다는 증거가 아니겠어?

마틸드 : 아니, 금고를 열기 위해 암호처럼 무슨 말을 하신다 고? 그게 뭔데?

홍당무 : 알려고 하지 마. 헛수고니까. 내가 이미 말했잖아. 우 리가 결혼하게 되면 말해 주겠다고. 결코 입 밖에 내지 않는다 는 조건으로.

마틸드 : 어서 말해 봐. 입 밖에 안 낸다고 약속할게.

홍당무 : 싫어. 그건 아빠랑 나만의 비밀이야.

마틸드 : 너 모르는구나. 알면 내게 말했겠지.

홍당무 : 미안하지만 알고 있네.

마틸드 : 아냐, 너 모르는 거야. 모르고 있어. 확실해, 확실하다니까.

"내가 알고 있는지 모르고 있는지, 우리 내기 하자."

홍당무가 진지한 표정으로 말했다.

"뭘 내기 해?"

마틸드가 머뭇거리며 말했다.

"내가 만지고 싶은 곳을 만지게 해 주면, 말해 줄게."

마틸드는 홍당무를 물끄러미 바라보았다. 무슨 말인지 이해가 가지 않는 것 같았다. 마틸드는 회색 눈을 은근슬쩍 감았다. 이제 궁금한 것이 하나가 아니라 둘로 늘어난 셈이었다.

"그럼, 먼저 암호를 말할게."

홍당무가 말했다.

홍당무 : 그럼, 내가 만지고 싶은 곳을 만지도록 해 주겠다고 맹세해.

마틸드 : 엄마가 맹세 같은 건 하지 말랬어.

홍당무 : 그럼, 말 안 할래.

마틸드 : 네가 뭐라 말하든 관심 없어. 짐작하고 있으니까. 어떤 단어인지 알 만하다.

홍당무는 조급해져 그만 먼저 말해 버렸다.

"잘 들어, 마틸드. 넌 전혀 짐작도 못하는 거야. 네가 비밀을 지키겠다고 맹세한 걸로 칠게. 아빠가 금고문을 열기 전에 하시는 말씀은 '뤼스튀크뤼' 야. 자, 이제 만지고 싶은 곳 만진다."

"뤼스튀크뤼! 뤼스튀크뤼!"

마틸드는 비밀을 알아냈다는 기쁨과 혹시 별 뜻도 없는 말은 아닐까 하는 걱정으로 뒤로 물러서며 말했다.

"정말이야? 놀리는 거 아니지?"

이윽고, 홍당무가 아무런 대답도 않고 결심한 듯 한 손을 앞으로 내밀며 다가오자, 마틸드는 도망을 쳤다. 홍당무의 귓전에 마틸드의 요란한 웃음소리가 들렸다.

마틸드가 가 버리자 이내 뒤에서 비웃는 소리가 들려왔다.

홍당무는 뒤를 돌아보았다. 마구간 창 너머로 성(城)지기 아저씨가 머리를 삐죽 내밀고 이를 다 드러낸 채 이렇게 소리쳤다.

"야! 나, 다 봤다, 홍당무! 너희 엄마한테 다 이른다."

홍당무 : 장난이었어요, 피에르 아저씨. 저계집애를 속인 거였어요. 뤼스튀크뤼는 지어 낸 말이고요. 전 아무것도 몰라요.

피에르 : 진정해라. 홍당무, 난 뤼스튀크뤼인지 뭔지에는 관심도 없으니까. 그건 네 엄마한테 말하지 않을게. 하지만 나머지는 다 말할 거다.

홍당무 : 나머지라뇨?

피에르 : 그래, 나머지 다른 일 말이다. 내가 다 봤다. 다 봤다니까. 내가 안 봤을 것 같지? 하~! 벌써 그 나이에! 오늘 저녁 네 귓불이 더 커지겠구나! 엄마한테 단단히 쥐어뜯길 테니 말이다.

홍당무는 대꾸할 말이 전혀 생각나지 않았다. 얼굴이 하도 새빨개져 머리색이 얼굴까지 퍼진 건 아닌가 하는 착각마저 들 정도였다. 홍당무는 바지 주머니에 손을 집어넣고 코를 훌쩍이며 두꺼비처럼 뒤뚱거리며 멀어져 갔다.

올챙이

르픽 부인이 창문을 통해 잘 볼 수 있도록 홍당무는 뜰 한복판에서 앉아 혼자 놀고 있었다. 엄마로부터 얌전하게 노는 법을 훈련받는 중이었다. 바로 그때 소꿉친구 레미가 찾아왔다. 홍당무와 동갑인 레미는 절름발이였는데, 뛰다시피 걸어 다녀 불편한 왼발은 항상 뒤로 처져 땅에 질질 끌렸다. 레미는 손에 바구니 하나를 들고 있었다.

"홍당무, 너도 가지 않을래? 울 아빠가 강에다 그물을 쳐 두셨는데, 거두는 일을 도와드리면서 바구니로 올챙이 잡자."

"울 엄마한테 물어봐."

레미 : 내가 왜?

홍당무 : 내가 물어보면 허락 안 해 주시거든.

바로 그때, 르픽 부인이 창문으로 모습을 보였다.

"아줌마, 올챙이 잡으러 가려는데 홍당무도 가도 되나요?"

르픽 부인은 잘 안 들리는 듯 창문에다 귀를 갖다 댔다. 레미가 다시 큰소리로 말했다. 비로소 르픽 부인은 알아들었는지, 입술을 좌우로 움직이며 뭐라고 대답했다. 홍당무와 레미는 도통 무슨 말인지 들리지 않아 머뭇거리며 서로를 물끄러미 바라보고 있었다. 그러자 르픽 부인은 고개를 저으며 분명하게 안 된다는 신호를 보냈다.

"안 된다고 하시네. 뭔가 시키실 게 있으신가 봐."

홍당무가 말했다.

레미 : 어쩔 수 없지, 뭐. 엄청 재밌을 텐데. 안됐다! 참, 안됐어!

홍당무 : 잠깐! 여기서 놀지 않을래?

레미 : 아, 그건 싫어. 올챙이 잡는 게 훨씬 좋지. 날씨도 이렇게 좋은데. 바구니 가득 삼아야지.

홍당무 : 잠시 기다려 봐! 엄마는 처음엔 항상 안 된다고 하셔. 여러 번 조르면 된다고 하실 거야.

레미 : 그럼, 아주 잠시만이다. 더는 안 돼.

둘은 바지 주머니에 손을 집어넣고 그 자리에 꼼짝도 않고 서 있었다. 은근슬쩍 층계를 지켜보면서. 이윽고 홍당무가 레미의 옆구리를 찔렀다.

"거봐, 내가 뭐랬어?"

아닌 게 아니라, 현관문이 열리고 르픽 부인이 홍당무에게 줄 바구니를 손에 들고 계단을 내려오고 있었다. 하지만 곧 의심이라도 하듯 오다 말고 멈춰 섰다.

"아니, 레미야, 너 아직 거기 있어? 간 줄 알았더니만. 너희 아빠한테 빈둥거린다고 이른다. 그럼 단단히 혼나겠지?"

레미 : 아줌마, 홍당무가 기다려 보라고 해서 그랬어요.
르픽 부인 : 그래? 정말이니, 홍당무?

홍당무는 시인도 부인도 하지 않았다. 어떻게 말해야 할지 몰랐기 때문이다. 홍당무는 엄마가 어떤 사람인지 훤히 다 알고 있었다. 그리고 홍당무의 짐작은 매번 들어맞았다. 멍청이 레미 녀석이 일을 그르치고, 모든 걸 망쳐 놓아 결론은 뻔했다. 애꿎은 풀들만 발로 차고 짓이기며 애써 딴 곳을 바라보았다.

"안됐지만 난 한 번 뱉은 말은 바꾸는 사람이 아니란다."

르픽 부인은 더 이상 아무 말도 덧붙이지 않았다.

그러더니 계단을 다시 올라갔다. 홍당무에게 주려고 그 안에 담아 두었던 갓 딴 호두까지 일부러 비운 뒤에 들고 왔던 바구니를 다시 들고서.

레미도 벌써 저만치 멀어져 가고 있었다.

르픽 부인은 결코 농담을 하지 않는 사람이라 동네 아이들은 그녀를 몹시 어려워했고, 학교 교장 선생님만큼이나 무서워했다.

레미는 도망치듯 홍당무의 집에서 나와 강가로 향했다. 어찌나 빨리 걸었던지, 항상 뒤처지는 그의 왼발이 길 위의 먼지를 모두 쓸고 가는 듯했다. 멀리서 그 모습을 보니, 박자를 무시한 채 엉망으로 춤을 추고 있는 것 같았다.

하루를 헛되이 흘려 버리자, 홍당무는 놀고 싶은 마음이 싹 가셨다.

재미있게 한참 놀 수도 있었을 것을.

후회가 물밀 듯이 밀려왔다.

그냥 견디는 수밖에 없었다.

어쩔 수 없이 외톨이로, 혼자서 지루함이 지나갈 때까지 견디면서 주어진 벌을 달게 받을 수밖에 없었다.

가족 연극

제 1막

르픽 부인 : 너 어디 가?

홍당무 : (새로 산 넥타이를 매고 침을 뱉어 구두를 닦으며) 아빠랑 갈 데가 있어서요.

르픽 부인 : 그런 데 가지 말라고 했지, 내 말 못 알아들어? 그러지 않으면…….(오른손으로 내려치려는 듯 들어 올린다.)

홍당무 : (낮은 목소리로) 알았어요.

제 2막

홍당무 : (괘종시계 근처에서 골똘히 생각에 잠겨) 과연 난 뭘 하고 싶은 걸까? 뺨 맞고 싶지 않아. 아빠가 엄마보단 훨씬 덜 때리셔. 횟수까지 세어 봤잖아. 아빠한텐 안된 얘기지만!

제 3막

르픽 씨 : (홍당무를 매우 아끼지만 일 때문에 항상 집에 없어 전혀

신경을 쓰지 못한다.) 자, 가자!

홍당무 : 싫어요, 아빠.

르픽 씨 : 뭐, 싫다고? 가고 싶어 했잖아?

홍당무 : 아! 네……! 근데 그럴 수 없어요.

르픽 씨 : 어째서? 무슨 일 있어?

홍당무 : 아뇨, 아무 일 없어요. 그냥 집에 있을래요.

르픽 씨 : 아! 그래! 또 변덕이구나! 도무지 종잡을 수가 없구나. 도대체 무슨 얘길 들었길래 또 그래? 가고는 싶은 거야, 아니야? 그럼, 실컷 훌쩍거리면서 집에 있어라.

제 4막

르픽 부인 : (문 밖에 서서 무슨 말이 오가나 문고리에 귀를 바짝 대고 몰래 엿듣는 버릇이 있다.) 불쌍한 내 아들! (능청을 떨며 홍당무의 머리카락을 어루만지다 살짝 잡아당긴다.) 이런, 눈물을 펑펑 쏟는구나. 아빠가……(르픽 씨를 슬그머니 바라보며) 가고 싶지도 않은데 데려가려고 하니까 그렇지. 이 엄마는 그렇게 잔인하게 괴롭히지 않는데 말이야. (르픽 부부는 서로 등을 돌린다.)

제 5막

홍당무 : (벽장 깊숙이 들어가, 울음소리를 막으려고 손가락 두 개는 입 안에, 손가락 한 개는 코 속에 넣고 있었다.) 차라리 고아가 되는 편이 나을 것 같아.

사냥

르픽 씨는 사냥을 갈 때마다 두 아들을 번갈아 데려가곤 했다. 그러면 아들들은 총구 방향 때문에 아빠 뒤 약간 오른쪽에 서서 사냥 망태를 들고 따라다녔다. 르픽 씨는 지칠 줄 모르고 걷는 사람이었다. 홍당무는 싫은 내색 하나 없이 끈기 있게 잘도 쫓아다녔다. 발에 상처가 나도 불평 한마디 하지 않았다. 신발 속에서 발가락들이 뒤틀리고, 발끝이 부어 작은 망치 모양이 될 때까지 걷고 또 걸었다.

르픽 씨는 사냥 초기에 토끼 한 마리를 잡고 이렇게 말했다.

"홍당무야, 가다가 처음으로 나오는 농장에 이거 두고 갈래? 아니면 울타리 밑에 숨겨 뒀다 저녁 때 도로 가져갈래?"

"둘 다 싫어요, 아빠. 그냥 갖고 다닐래요."

그래서 홍당무는 하루 종일 토끼 두 마리와 자고새 네 마리를 들고 다녔다. 어깨가 너무 아플 때는 손이나 손수건을 망태 끈 밑에 댔다. 가다가 혹 누군가를 만나면, 자랑삼아 열심히 등에 있는 망태를 보여 주며 잠시 무거운 짐을 잊었다.

그러다 지치고, 특히 아무것도 잡지 못하면, 그때까지 남을 의
식해서 애써 참아 왔던 인내가 한순간 와르르 무너지곤 했다.

이따금 르픽 씨는 홍당무에게 이렇게 말했다.

"너, 여기서 기다리고 있어. 이 밭 좀 휘저어 보고 와야겠다."

그러면 홍당무는 화가 나서, 아빠가 밭고랑을 샅샅이 훑고, 흙
덩어리를 죄다 밟고 다니는 걸 지켜보면서 뙤약볕에 우두커니 서
있었다. 르픽 씨는 토끼굴을 찾고자 쇠스랑으로 밭을 갈듯이 발로
흙을 밟아 평평하게 만들었다. 엽총으로 울타리를 때려 보기도 하
고, 덤불숲과 심지어 엉겅퀴까지 다 건드려 보았다. 그러는 동안
사냥개 퓌람도 더 이상 나올 게 없다는 걸 아는지, 그늘을 찾아 잠
시 드러누워 혀를 주둥이 밖으로 빼고서 숨을 헐떡거렸다.

'거긴 아무것도 없다는데 자꾸만 저러시네. 쐐기풀을 건드리면
뭘 해. 괜히 부러뜨리기나 하고. 아무리 휘저어 봤자 소용없대도
저러신다니까. 내가 토끼라도 풀숲에 들어가 꼼짝 않고 있겠다.
이렇게 찌는 듯 더운데!'

홍당무는 은연중에 르픽 씨를 깔보면서 속
으로 가볍게 비아냥거렸다.

그런데 이번에는 르픽 씨가 간이 울타리 하
나를 들어올리더니 옆에 있던 알팔파 풀을 뽑
았다. 그곳은 분명 토끼가 나올 만한 장소였
다.

그러자 홍당무는 또 궁시렁거렸다.

'나더러 기다리라고 해 놓고선. 이젠 그냥 쫓아가야겠다. 시작이 안 좋으면 끝도 안 좋다니까. 이렇게 쏘다니니까 땀만 나잖아. 개까지 녹초가 되고, 내내 앉았다 일어선 것처럼 뼈마디가 다 쑤시네. 오늘 저녁도 허탕치고 돌아가겠군.'

홍당무는 천성적으로 미신을 믿는 아이였다.

홍당무가 모자 테두리를 만지면 그때마다 뀀람은 사냥감을 발견하여 털은 뻣뻣하게, 꼬리는 뻣뻣하게 세우고 차려 자세를 취했다. 그러면 르픽 씨가 깨금발로 서둘러 다가와 총구를 겨누었다. 홍당무는 자신의 미신이 통하자 처음엔 너무 감격하여 꼼짝 않고 서 있었다.

홍당무가 모자를 벗으면 자고새들이 날아오르거나 숨어 있던 토끼가 나왔다. 홍당무가 모자를 떨어트리면 르픽 씨는 사냥감을 놓치고, 홍당무가 모자를 들고 인사하는 척하면 르픽 씨는 사냥감을 잡았다.

하지만 홍당무가 시인하는 것처럼 그게 항상 맞는 것은 아니었다. 너무 자주 똑같은 동작을 반복하면 아무 효과가 없는 법이다. 행운의 여신은 매번 똑같은 신호에 응하는 것을 못 견뎌 하기 때문이다. 홍당무는 신중하게 간격을 두고 마법을 걸었고, 그렇게 하면 거의 항상 성공을 했다.

"홍당무야, 아빠가 쏘는 거 봤지?"

르픽 씨는 채 온기가 식지 않은 토끼를 손에 들고 그 무게를 헤아리더니, 토끼의 금갈색 배를 눌러 마지막 볼일을 보게 했다. 르

191

픽 씨는 홍당무가 웃자 이렇게 물었다.

"왜 웃어?"

"제 덕에 잡은 거니까요."

그러면서 또 성공한 것에 마음이 뿌듯해져, 홍당무는 아무렇지도 않게 그 비법을 늘어놓았다.

"그게 진담이야?"

르픽 씨가 물었다.

홍당무 : 그럼요! 단 한 번도 틀린 적이 없다고는 단언할 수 없지만요.

르픽 씨 : 애야, 그만 좀 해라. 그런 재주가 있다고 자꾸 고집하면 딱히 해 줄 말도 없지만, 낯선 이들 앞에서는 그렇게 거짓말하면 안 된다. 다들 코웃음을 칠 게다. 운 좋게 이 아비를 속이긴 했지만 말이다.

홍당무 : 맹세코 아니에요, 아빠. 하지만 아빠 말이 맞네요. 죄송해요. 제가 너무 어리석었어요.

파리

사냥은 계속되고 있었다. 홍당무는 자신의 행동이 너무 어리석고 바보 같다는 생각에 어깨까지 들썩이며 훌쩍였다. 그러면서도 새롭게 마음을 다잡고 아빠 뒤를 바싹 따라갔다. 르픽 씨가 땅에 왼발을 디디면 홍당무도 따라서 왼발을 디뎠다. 뒤에서 식인귀가 쫓아오기라도 하듯 발을 성큼성큼 내딛으며 계속 걸었고, 오디나 야생 배, 야생 자두를 따 먹기 위해서만 잠시 걸음을 멈추곤 했다. 홍당무는 입을 오므려 입술이 하얗게 되도록 쪽쪽 빨아먹으며 타는 듯한 갈증을 달랬다. 그러다 성에 차지 않자, 사냥 망태 속에 함께 넣어 온 브랜디를 생각해 냈다. 술병을 꺼내 혼자서 홀짝홀짝 거의 다 마셨다. 르픽 씨는 사냥이 신통치 않자 마실 생각도 가셨는지 달라는 것도 잊고 있었다.

"한 모금 드실래요, 아빠?"

바람을 타고 싫다는 목소리가 들려왔다. 아빠에게 주려던 것까지 삼키듯 마셔 버리자 머리가 핑 돌았다. 홍당무는 정신을 가다듬고 아빠를 뒤쫓았다. 그러다 갑자기 멈춰 서더니 한 손가락을

귀 속에 넣고 마구 후벼 팠다. 손가락을 다시 빼내더니만 귀를 기울이는 듯하다가 르픽 씨에게 이렇게 외쳤다.

"저기 있잖아요, 아빠! 귀 속에 파리가 들어간 것 같아요."

르픽 씨 : 빼내면 되잖아.

홍당무 : 너무 깊이 들어가 손이 안 닿아요. 윙윙대는 소리는 나거든요.

르픽 씨 : 그럼, 그냥 그러다 죽게 내버려둬.

홍당무 : 그러다 혹시 알을 까거나 둥지라도 틀면 어떡해요?

르픽 씨 : 그럼, 손수건 끝을 돌돌 말아 죽여 봐.

홍당무 : 저기, 브랜디 한 방울을 넣어 보면 어떨까요? 그래도 되겠죠?

"맘대로 하렴. 하지만 서둘러."

홍당무는 귀에다 술병 주둥이를 대고 넣은 다음, 다시 입으로 가져갔다. 그리고 르픽 씨가 그의 몫을 달라고 할지 모른다는 생각에 아예 비워 버렸다.

이윽고 홍당무는 기분이 좋아진 듯 뛰면서 이렇게 말했다.

"저기 있잖아요, 아빠! 이제 안 들려요. 파리가 죽었나 봐요. 술에 절어서요."

멧도요 사냥

"거기 서 있어라. 그 자리가 가장 좋으니까. 퓌람을 데리고 숲을 뒤질 테니, 멧도요들이 놀라 날아갈 거다. '피, 피' 소리가 들릴 게야. 귀를 쫑긋 세우고 눈을 크게 치켜뜨고 있어라. 멧도요들이 네 머리 위로 날아갈 테니."

홍당무는 르픽 씨로부터 엽총을 건네받고 총을 눕혀 양손으로 감싸 안듯 들었다. 홍당무가 멧도요를 사냥하기는 이번이 난생처음이었다. 물론 메추라기는 이미 사냥해 봤고, 자고새는 아빠가 잡은 걸 깃털만 뽑았었고, 토끼를 한 번 빗맞힌 적이 있었다.

메추라기의 경우에는 맨땅에서, 퓌람이 차려 자세로 지키고 있는 코앞에서 죽인 적이 있었다.

처음에는 그 작고 둥근 공 같은 녀석이 흙 색깔과 똑같아 제대로 보이지 않았다.

"뒤로 물러서! 너무 가까이 있잖니."

르픽 씨가 말했다.

하지만 홍당무는 본능적으로 더 가까이 다가가 어깨에 총을 메

197

고 겨눴다. 너무 가까이에서 총을 쏘자, 메추라기는 작은 회색 공처럼 땅 속에 박혔다. 형체를 알아볼 수 없을 정도로 바스러진 메추라기에서 건진 거라곤 약간의 깃털과 피가 철철 흐르는 부리뿐이었다.

어쨌거나 이번 멧도요 사냥은 홍당무에게 어린 사냥꾼의 명성을 만방에 떨칠 절호의 기회였다. 홍당무의 생애에 오늘 밤은 길이 남게 될 것이 분명했다.

저녁이 되자 어스름이 깔렸다. 누구나 다 아는 것처럼. 그러자 주위에서 움직이는 물체들이 모두 안개에 휩싸인 듯 어렴풋한 선들로 보였다. 윙윙거리며 날아다니는 모기들이 천둥이 내려치는 것만큼이나 무섭게 느껴졌다. 더욱이, 홍당무는 멧도요를 잡을 생각에 흥분하여 당장이라도 일을 끝마치고 싶었다.

낮 동안 풀밭에서 지내던 개똥지빠귀들은 점점이 퍼지며 서둘러 참나무 숲으로 돌아들 갔다. 홍당무는 그들을 향해 연습 삼아 조준을 해 봤다. 그런 다음, 총신에 광택을 내려고 입김을 불고 팔꿈치로 비벼 닦았다. 마른 잎들이 여기저기 나뒹굴고 있었다.

마침내 멧도요 두 마리가 날아올랐다. 긴 부리로 인해 날기가 버거운 듯 보였지만, 창공을 올라 사랑하는 연인들처럼 서로 앞서

거니 뒤서거니 하며 흔들리는 숲 위로 원을
그리듯 빙빙 돌았다.

멧도요들은 르픽 씨가 미리 말해 준 것처
럼, '피, 피' 하고 울음소리를 냈다. 소리가 너무 희미해 홍당무는
과연 그 새들이 자기 쪽을 향해 날아오는 건지 종잡을 수가 없었
다. 홍당무의 눈동자가 바쁘게 움직였다. 마침내 머리 위에 두 마
리의 그림자가 지나가는 것을 보자, 개머리판을 배에 대고 어림잡
아 하늘을 향해 총을 쏘았다.

두 마리 중 한 마리가 땅에 고꾸라졌다. 총성이 대단하여 그 메
아리가 숲속 아주 먼 곳까지 가 닿는 것 같았다.

홍당무는 날개가 부러진 멧도요를 줍더니, 채 가시지 않은 화
약연기를 들이마시면서 자랑스러워하는 얼굴로 열심히 흔들어
보였다.

총성이 나자 퓌람이 달려왔다. 그 뒤로 르픽 씨가 평소대로, 빠
르지도 느리지도 않은 걸음으로 쫓아왔다.

'깜짝 놀라셨겠지!'

내심 칭찬을 기대하며 홍당무가 속으로 생각했다.

하지만 르픽 씨는 걸음에 방해가 되는 나뭇가지들을 부러트리
면서, 감격하여 채 흥분을 삭이지 못하는 아들에게 무심한 목소리
로 이렇게 말했다.

"겨우 한 마리 잡았어? 두 마리 다 잡으라고 했더니만."

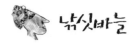 **낚싯바늘**

홍당무는 잡아 온 생선들의 비늘을 벗기고 있었다. 모래무지며 잉어, 심지어 농어까지 잡아 온 물고기를 하나하나 칼로 긁고, 배를 가르고, 투명한 이중 부레는 발뒤축으로 밟아 터트렸다. 또한 고양이를 위해 내장을 따로 챙겨 두는 일도 잊지 않았다. 그는 흰 거품들로 가득 찬 양동이에 머리를 들이댄 채, 민첩하게 손을 놀려 가며 옷이 물에 젖지 않도록 신경 쓰면서 생선 손질에 몰두했다.

그때 르픽 부인이 다가와 양동이를 힐끔 들여다보았다.

"오늘은 일찍도 나갔다 왔구나. 어머! 튀김용으로 딱인 것들만 잡아 왔네. 너 작정만 하면 낚시도 잘 하는구나!"

르픽 부인은 애정을 담아 홍당무의 목과 어깨를 어루만졌다. 그러다 홍당무의 어깨에서 손을 떼는 순간, 갑자기 고통스런 비명 소리를 내질렀다.

손가락 끝이 그만 낚싯바늘에 찔리고 만 것이었다.

누나 에르네스틴이 달려왔다. 그 다음엔 형 펠릭스가 뒤쫓아왔고, 곧이어 르픽 씨까지 뛰어왔다.

"어디 좀 봐요."

"어디 좀 봅시다."

르픽 부인이 치마 차림으로 양 무릎 사이에 찔린 손가락을 넣고 꽉 쥐는 바람에 바늘은 더 깊숙이 박혔다. 형 펠릭스와 누나 에르네스틴이 그녀를 붙잡고 있는 동안, 르픽 씨가 찔린 손가락 쪽의 팔을 붙잡고 위로 들어 올렸다. 손가락의 상태가 어떤지 확인할 수 있었다. 낚싯바늘이 손가락을 완전히 관통해 있었다.

르픽 씨가 바늘을 제거하고자 했다.

"오! 안 돼요! 그렇게 하지 말아요!"

르픽 부인이 날카로운 목소리로 외쳤다.

아닌 게 아니라 그녀의 손가락을 자세히 보니 한쪽에는 바늘 끝이, 또 다른 한쪽에는 바늘 고리가 튀어나와 있었다.

르픽 씨는 돋보기안경을 썼다.

"이런 세상에! 낚싯바늘을 부러트려야겠군!"

부러트려야 한다고! 남편이 약간의 동작만 취해도, 르픽 부인은 펄쩍 뛰며 울부짖고 난리였다. 마치 그녀의 심장을, 그녀의 목숨을 빼앗기기라도 하는 것 같았다. 더욱이 낚싯바늘은 강철로 만들어져 너무도 단단했다.

"그럼, 피부를 베어 내야겠군."

르픽 씨는 돋보기안경을 벗고, 칼을 꺼내 들었다. 그리고 손가락 위에 무딘 날을 가져다 댔다. 힘을 주고 땀까지 흘리며 베어 냈다. 피가 보이기 시작했다.

"으~악! 으~악!"

르픽 부인이 비명을 질렀고, 이 바람에 그 자리에 있던 모든 사람들이 몸서리를 쳤다.

"좀 빨리 끝내세요!"

에르네스틴이 아빠에게 말했다.

"그렇게 엄살 피우지 마세요!"

이번엔 펠릭스가 엄마에게 말했다.

생각처럼 잘 안 되자, 르픽 씨는 그만 인내심을 잃었다. 바늘이 박힌 부위를 칼로 찢고, 되는 대로 잘랐다. 그러자 르픽 부인은 "사람 죽이네! 사람 죽여!"라고 중얼거리다, 다행히도 그만 정신을 잃고 쓰러졌다.

르픽 씨는 그 틈을 타, 새하얗게 질린 얼굴로 미친 듯이 아내의 손가락 살을 마구 잘라 내고, 속을 후벼 팠다. 낚싯바늘이 박힌 손가락은 이제 손가락이기보다 피로 범벅된 상처덩어리였다.

휴우~!

그러는 동안 홍당무는 할 수 있는 게 전혀 없었다. 엄마의 첫 비명소리가 들리자마자, 냅다 도망쳐서 계단에 앉아 손으로 머리를 쥐어짜면서 어쩌다 일이 그렇게 되었는지 그 이유를 곰곰이 따져 보았다. 홍당무가 낚싯줄을 멀리 던지다가 그만 낚싯바늘이 빠지면서 그의 등에 걸린 게 분명했다.

'그래서 물고기가 물리지 않았던 거야.'

홍당무는 엄마의 탄식소리가 들리자, 처음에는 전혀 슬프지 않았다. 잠시 후면 그 역시 엄마보다 더하면 더했지 덜하지 않게 비명을 지르게 될 터였기 때문이었다. 엄마가 충분히 보복을 했다고 생각하고 그를 가만히 내버려둘 때까지 목이 쉬도록 비명을 지르게 될 것 아닌가?

이웃 주민들이 몰려와 홍당무에게 질문을 퍼부어 댔다.

"도대체 무슨 일이니, 홍당무?"

홍당무는 아무 대꾸도 하지 않았다. 다만 양손으로 붉은색 머리를 완전히 뒤덮을 정도로 귀를 꽉 틀어막았다.

마침내 르픽 부인이 홍당무에게 다가왔다. 그녀는 방금 산고를 치르고 아이를 낳은 산모처럼 얼굴이 창백했다. 큰일을 해낸 것을 자랑하듯 정성껏 붕대로 감긴 손가락을 내밀어 보였다. 그녀는 고통도 꾹 참고 있는 듯했다. 모인 사람들에게 애써 미소를 지어 보이고, 안심시키는 말까지 하더니만, 홍당무에게 나긋나긋한 목소리로 말했다.

"우리 귀염둥이 아가, 네가 날 아프게 했구나. 오! 그래도 난 널 원망하지 않는단다. 그건 네 잘못이 아니거든."

단 한 번도 홍당무에게 그런 어조로 말한 적이 없는 르픽 부인이었다. 홍당무는 깜짝 놀라 고개를 들었다. 엄마의 손가락은 크고 네모나게 천과 끈으로 감겨져 있어, 흡사 가난한 집 아이들이

가지고 노는 헝겊 인형 같았다. 홍당무의 마른 눈에 눈물이 그렁그렁했다.

르픽 부인이 몸을 굽혔다. 그러자 홍당무는 습관적으로 머리를 팔꿈치로 가렸다. 하지만 르픽 부인은 너그러운 태도를 보이며 모든 사람들이 지켜보는 가운데 홍당무를 안아 주었다.

홍당무는 영문을 몰랐다. 눈에 가득했던 눈물을 흘릴 뿐이었다.

"이제는 다 지나간 일이니까 용서하마! 내가 그렇게 못된 줄 아니?"

홍당무는 한층 더 흐느껴 울었다.

"얘가 바보 같죠? 누가 들으면 제가 애 목이라도 조르는 줄 알겠어요."

르픽 부인이 자신의 선량함에 탄복한 이웃들에게 말했다.

그러면서 낚싯바늘을 한번 보라며 그들에게 건넸다. 이웃들은 호기심에 찬 얼굴로 찬찬히 바늘을 들여다봤다. 그들 중 한 사람이 그 바늘은 8호 바늘이 분명하다고 말했다. 차츰 르픽 부인은 평소의 말솜씨를 되살려 대중들 앞에서 수다스럽게 자신이 겪은 극적인 경험담을 쏟아 놓기 시작했다.

"아! 그 당시에는 쟤를 죽였을지도 몰라요. 워낙 제가 아들을 사랑하니까 망정이지 안 그랬으면, 콱! 하긴 뭐, 낚싯바늘이 웬수죠! 먼저 하늘나라로 가는 줄 알았다니까요."

누나 에르네스틴이 그 바늘을 멀리 가서 파묻는 게 어떠냐고 제안했다. 정원 가장자리에 구멍을 파고 묻은 다음, 땅을 단단히 밟아야 한다고 말했다.

그러자 형 펠릭스가 반대했다.

"아! 안 돼! 그건 내가 가질 거야. 그걸로 낚시할 거야. 우와! 멋지겠다. 엄마의 피가 묻은 바늘이니까 얼마나 잘 물리겠어! 물속에 던져 두기만 하면 물고기가 저절로 물릴 거야! 걔네들한테는 안됐지만, 허벅지만한 대어를 낚을 거라고!"

펠릭스는 곁에 있던 홍당무를 흔들었다. 아직도 벌을 면했다는 것이 믿기지 않는 듯 홍당무는 어안이 벙벙해 보였다. 그러면서도 뉘우치는 태도를 한층 과장하려고 목이 쉬도록 펑펑 우는 소리를 내고, 보기 흉한 얼굴에서 주근깨라도 닦아 내려는 듯 뚝뚝 떨어지는 눈물을 연신 훔쳐 댔다.

르픽 부인 : 너 뭐 잃어버린 거 없니?

홍당무 : 아뇨, 엄마.

르픽 부인 : 자세히 알아보지도 않고 금방 아니라고 대답해? 먼저 바지주머니부터 뒤져 봐.

홍당무 : (주머니 안감을 잡아당겨 당나귀 귀처럼 늘어트린다.) 아! 잃어버린 거 있어요, 엄마! 돌려주세요!

르픽 부인 : 뭘 돌려달란 말이니? 그럼, 뭔가 잃어버린 게 있긴 하니? 혹시나 해서 물어봤더니 내 짐작이 맞았구나! 그래, 뭘 잃어버렸는데?

홍당무 : 그건 모르겠어요.

르픽 부인 : 저런다니까! 너 거짓말하려는 거지? 덤벙대는 잉어처럼 횡설수설하더니만. 어디 차근차근 대답해 봐. 뭘 잃어버렸다고? 그게 팽이였니?

홍당무 : 맞아요, 팽이! 까맣게 잊고 있었지 뭐예요. 제 팽이 맞

아요, 엄마!

르픽 부인 : 아니야! 네 팽이는 아니지. 내가 지난주에 압수했
잖아.

홍당무 : 그럼, 제 칼이요.

르픽 부인 : 무슨 칼? 누가 네게 칼을 줬니?

홍당무 : 아니요.

르픽 부인 : 얘야, 끝도 없겠구나. 누가 보면 내가 네 얼을 빼고
있는 줄 알겠다. 어쨌든 우리 둘뿐이니, 계속 캐 볼까나. 자, 엄
마를 사랑하는 아들은 엄마한테 모든 걸 맡기지. 내 장담컨대,
넌 은화 한 닢을 잃어버렸을 거야. 꼭 그렇다는 건 아니지만 그
런 게 확실해. 아니라고 하지 마라. 네 코가 벌름거리고 있으니까.

홍당무 : 엄마, 그 은화는 제 거예요. 대부가 주일날 주셨는데,
그만 잃어버렸어요. 아깝고 좀 난감하긴 해도 없는 셈 치고 기
운 낼래요. 게다가 별로 집착하지도 않았어요. 달랑 은화 한 닢
인데요, 뭘!

르픽 부인 : 저런, 저런! 거드름 피우기는! 암튼, 마저 들어나 보
자. 난 늘 훌륭한 엄마니까. 허면, 너를 그렇게 아끼는 대부가
할 일이 없어 네게 준 줄 아니? 사실을 알게 되면 얼마나 섭섭
해하시겠니?

홍당무 : 엄마, 그 은화를 제가 마음대로 써 버렸다고 생각하면
되잖아요. 평생 그걸 갖고만 있을 순 없지 않겠어요?

르픽 부인 : 됐으니 인상은 그만 써라. 넌 그 은화를 잃어버려

서도 안 되고, 허락 없이 써 버려서도 안 되는 거였어. 더 이상 갖고 있지 않다고 하니, 도로 바꿔 오든가, 찾아오든가, 만들어 오든가, 암튼 알아서 해. 머리는 그만 굴리고 어서 돌아다녀 봐.

홍당무 : 네, 엄마.

르픽 부인 : 그리고 더 이상 "네, 엄마."라고 말하지도 마. 별난 척하지도 마. 한 번만 또 흥얼거리고, 휘파람 불거나, 손님 없어 빈둥대는 마차꾼 흉내 내기만 해 봐. 내 가만 안 둘 테니.

2

지금 홍당무는 속으로 끙끙거리며 정원 오솔길을 종종걸음으로 걷고 있다. 뭘 찾는 듯 가다 서다를 반복하면서 코를 훌쩍이곤 했다. 엄마가 지켜보고 있는 듯하면 꼼짝 않고 서 있다가 몸을 굽혀 손가락 끝으로 가는 모래나 풀밭을 파헤치듯 뒤진다. 엄마가 안 보이는 듯하면 곧 찾기를 그만두었다. 그래도 체면은 있어서 고개를 빳빳이 들고 계속 걸었다.

도대체 그 은화 한 닢이 어디로 간 것일까? 하늘로 날았는지, 땅으로 꺼졌는지 알 수 없는 노릇이다.

이따금 무심결에 아무 생각 없이 걷다가 금화를 발견했다는 사람들도 있지 않던가. 그러나 홍당무는 땅바닥을 기다시피 무릎과 손톱을 다 써 가면서 아무리 찾아도 핀 하나 보이지 않았다.

이리저리 어슬렁거리면서 가망 없는 일에 매달리다 보니 더욱

쉽게 지치는 것 같았다. 홍당무는 이참에 그냥 포기하고 엄마의 상태가 어떤지 살피러 집 안으로 들어가기로 마음을 고쳐먹었다. 지금쯤 엄마도 진정되셨을 테니 도저히 찾을 수 없다고 말하면 단념할 수도 있지 않겠는가.

한데 집 안에 르픽 부인의 모습이 보이지 않았다. 홍당무는 다 기어들어 가는 목소리로 엄마를 불렀다.

"엄마! 어…… 엄마!"

전혀 대답이 없었다. 막 외출을 했는지 탁자의 반짇고리 서랍이 열린 채 그대로 있었다. 옷감과 바늘, 희고 붉고 검은 실패들이 여기저기 널려 있는 가운데 홍당무의 눈에 은화 몇 닢이 들어왔다.

안타깝게도 은화들은 서랍 안에 갇혀 잠을 자다가 가끔씩 깨기도 하면서 세월을 보내며 늙어가는 듯했다. 이따금 엄마가 서랍을 열 때마다 한쪽 구석에서 다른 쪽 구석으로 밀리어 수도 없이 서로 뒤엉키면서 말이다.

세어 보니 서너 개, 아니 여덟 개는 족히 돼 보였다. 제대로 그 개수를 세기도 힘들 것 같았다. 서랍을 통째로 엎어트린 후 바늘 꽂이를 휘저으면 몰라도. 그리고 정확히 몇 개인지 어떻게 알겠는가?

모처럼 재치(결정적인 순간에는 늘 부족했던)를 발휘해 홍당무는 결심한 듯 팔을 뻗어 은화 한 닢을 훔친 다음, 쏜살같이 달아났다.

순간 들킬지도 모른다는 두려움에서 머뭇거림도, 양심의 거리

낌도 느끼지 못했고, 위험스럽게 탁자로 되돌아갈 생각은 하지도 못했다.

홍당무는 곧장 밖으로 나갔다. 발에 제동장치가 풀린 듯 계속 나가다가 오솔길도 지나쳤다. 그는 어느 장소를 택해 그곳에서 은화를 '잃어버리고자', 발뒤축으로 땅을 후벼 파고 그 안에다 은화를 쑤셔 박았다. 그런 다음 배를 깔고 누웠다. 그렇게 가만히 있자니 풀잎들이 코에 닿아 간지러웠다. 홍당무는 제멋대로 기어 다니면서 불규칙한 동그라미를 그렸다. 물건 숨기기 놀이에서 술래가 눈을 가린 채 숨긴 물건 주위를 뱅뱅 도는 것처럼. 보통 그러면 물건을 숨긴 아이는 불안한 표정으로 종아리를 치면서 이렇게 외치곤 했다.

"조심해! 거의 다 됐어, 거의 다 맞춰 간다!"

3

홍당무 : 엄마, 엄마! 저 찾았어요.

르픽 부인 : 어? 나두 찾았는데.

홍당무 : 네? 여기 있잖아요.

르픽 부인 : 나두 여기 있다.

홍당무 : 저런! 한번 보여 주세요.

르픽 부인 : 나도 보여 줘.

홍당무 : (들고 있던 은화를 보여 준다. 르픽 부인도 자기 것을 보여

준다. 홍당무는 두 개를 서로 만지작거리고, 비교해 보면서 둘러댈 말을 생각한다.) 참 이상하네요! 엄마, 어디서 찾으셨어요? 저는, 이 오솔길 배나무 밑에서 찾았거든요. 그 밑을 수도 없이 맴돌 았더니 눈에 딱 띄더라구요. 반짝반짝 빛이 났거든요. 처음에 는 그냥 종이조각이나 흰 제비꽃인가 보다 했죠. 그래서 아예 집을 생각조차 못했어요. 언젠가 제가 풀밭에서 구르며 난리치 고 놀다가 주머니에서 빠졌나 봐요. 엄마도 한번 몸을 굽혀서 보세요. 은화가 얼마나 깜찍하게도 숨어 있는 줄 아세요. 저를 곤경에 빠트리곤 꽤나 고소해했을 거예요.

르픽 부인 : 글쎄다. 나는 네가 벗어 놓은 웃옷에서 이걸 찾았 지. 그렇게 주의를 줬는데, 넌 또 주머니 속을 비우지 않고 그냥 벗어 놓았더구나. 단단히 가르치려고, 또 스스로 알아서 뉘우 치라고 그냥 찾도록 내버려뒀던 건데. 참, 뜻이 있는 곳에 길이 있다고, 이제 넌 은화가 하나가 아니라 두 개나 생겼구나. 굉장 한 부자가 된 셈이지. 암튼, 끝이 좋으면 다 좋다고 하나 명심해 라. 돈이 항상 행복을 가져다주는 건 아니란다.

홍당무 : 그럼, 이제 나가 놀아도 돼요, 엄마?

르픽 부인 : 그러렴. 맘껏 놀아라. 언제 또 그렇게 놀아 보겠니. 은화 두 닢도 가져가라.

홍당무 : 오! 엄마, 한 개면 충분해요. 하나는 제가 필요하다고 할 때까지 보관해 주실래요? 그러면 감사하겠습니다.

르픽 부인 : 싫다. 모자지간이라도 금전관계는 분명히 해야지.

네 거니까, 두 개 다 갖고 있으렴. 하나는 대부가 준 거고, 배나무 밑에서 주운 건 주인도 없으니. 근데 도대체 누구 거지? 에고, 머리 아파라. 얘, 너 혹시 짐작 가는 사람 없니?

홍당무 : 맹세코 없어요. 또 아무래도 상관없구요. 내일이나 생각해 볼게요. 이따 봐요, 엄마! 감사합니다.

르픽 부인 : 잠깐만! 혹시 정원사가 아닐까?

홍당무 : 제가 가서 한번 물어볼까요?

르픽 부인 : 가만 좀 있어 봐라. 얘야, 생각 좀 해 보자꾸나. 네 아빠는 관심도 없으니까 아닐 테고, 네 누나는 저금통에 꼬박꼬박 저금을 하니까 또 아니고. 네 형은 수중에 남아나는 돈이 없으니까 잃어버릴 틈도 없으니 또 아니고. 그렇다면, 혹시 나 아닐까.

홍당무 : 엄마는, 그럴 리가요. 항상 잘 정리해 두시잖아요.

르픽 부인 : 아니다. 어른들도 애들처럼 실수를 얼마나 잘 하는데. 내가 한번 보고 오마. 어쨌거나 이건 내 일이니. 이제 그만 얘기하자꾸나. 너무 걱정 마라. 어서 나가 놀아. 너무 멀리 가지는 말고. 나는 탁자 위의 반짇고리 서랍을 한번 살펴보고 와야겠다.

홍당무는 밖으로 달려 나갔다가 이내 다시 들어와, 탁자 쪽으로 간 엄마를 잠시 뒤쫓아갔다. 그러더니 갑자기 엄마를 앞서가, 그 앞에 버티고 서서는 아무 말 없이 뺨을 내밀었다.

르픽 부인 : (매서운 눈초리로 오른손을 들어 올리며) 네가 거짓말 쟁이인 줄은 진작부터 알았지만, 이 정도일 줄은 몰랐구나. 그것도 오늘은 두 번씩이나. 너 계속 그럴래? 바늘도둑이 소도둑 된다고, 어쩌면 이 엄마까지 죽이겠구나.

'찰싹!'
홍당무가 첫 번째 따귀 맞는 소리가 들렸다.

자기 생각

르픽 씨, 형 펠릭스, 누나 에르네스틴 그리고 홍당무. 이렇게 르픽 부인을 뺀 나머지 네 식구가 모처럼 벽난롯가에 둘러앉아 밤새 도란도란 이야기꽃을 피웠다. 난로 안에선 그루터기가 뿌리째 통째로 활활 타고 있었고, 그 앞에 놓인 네 개의 의자가 그네처럼 흔들렸다. 네 식구는 서로 의견들을 나눴는데, 홍당무도 모처럼 엄마가 없는 자리를 빌어 자기 생각을 털어놓았다.

"제 생각에, 가족끼리 부르는 호칭은 아무런 의미가 없다고 생각해요. 아빠, 제가 아빠를 얼마나 사랑하는지 아시죠! 근데, 저는 아빠를 제 아빠라서 사랑하는 게 아니라, 제 친구이기 때문에 사랑하는 거예요. 사실, 아빠는 아빠로선 아무런 장점이 없죠. 하지만 저에 대한 아빠의 우정은 대단하세요. 제게 빚진 것도 없으신데 후하게 호의를 베풀어 주신다고나 할까요."

"아! 그래?"

르픽 씨가 대답했다.

"그럼, 나는?"

"나도?"

형 펠릭스와 누나 에르네스틴이 차례로 물었다.

"형과 누나도 마찬가지야. 우연히 형과 누나가 나의 형제가 된 거지. 그 때문에 내가 형과 누나에게 감사해하는 건 아니야. 우리 모두 르픽 집안의 자녀가 된 건 그 누구 때문도 아니지 않겠어? 어쩔 수 없이 그렇게 된 것일 뿐. 따라서 본의 아니게 혈연관계가 된 것에 감사할 필요는 없지. 다만 내가 형과 누나에게 고마워하는 점은 따로 있어. 형은 밖에 나가면 나를 잘 보호해 주니까 고맙고, 누나는 늘 날 자상하게 보살펴 줘서 고마워."

"하도 고마워 눈물이 다 나겠다!"

형 펠릭스가 기막혀하며 말했다.

"쟤는 어떻게 저런 별난 생각을 다 하는 걸까?"

누나 에르네스틴도 어이없어했다.

"그런데 내가 방금 한 말은 일반적으로 그렇다는 얘기야. 어느 특정인을 두고 한 말이 아니라. 엄마가 여기 있었다고 해도 마찬가지로 말했을걸."

홍당무가 덧붙여 말했다.

"아니, 그렇게 말하진 못했을걸."

형 펠릭스가 말했다.

그러자 홍당무가 발끈했다.

"내 말이 어디가 어떻다는 거야? 내 말을 왜곡해서 듣지 말라구! 인정머리가 없는 게 아니야. 내가 보기보다 얼마나 모두를 사랑하는데. 하지만 내 애정은 평범하고, 본능적이고, 판에 박힌 것이라기보다 필요하고도 합리적인, 그리고 논리적인 거라구. 맞다! '논리적인', 바로 그거라니까."

"너, 뜻도 제대로 모르면서 남들 앞에 늘어놓는 그 말버릇은 언제쯤 고칠래?"

르픽 씨가 잠자리에 들고자 자리에서 일어나며 말했다.

"그리고 고인이 되신 너희 할아버지가, 네가 했던 그 허튼소리 중 반의 반만이라도 내가 지껄이는 걸 들으셨다면, 발길질하고 따귀를 때리시는 것으로 내가 어쨌거나 당신의 아들에 불과하다는 것을 여실히 보여 주셨을 게다."

"그냥 시간이나 때우려고 한 말이었어요."

벌써부터 불안해하며 홍당무가 말했다.

"그냥 입 다물고 있는 편이 훨씬 낫다."

르픽 씨가 양초를 손에 들고 말했다.

르픽 씨가 자리를 뜨자, 형 펠릭스도 뒤를 따르며 이렇게 말했다.

"즐거웠네, 친구! 잘 자게나!"

이어 누나 에르네스틴도 자리에서 일어나 심각한 표정으로 말했다.

"잘 자, 친애하는 친구!"

혼자 남겨진 홍당무는 어리둥절했다.

바로 어제만 해도 르픽 씨는 홍당무에게 생각하는 법을 배워야 한다고 조언하지 않았던가.

"'우리'란 게 누구냐? '우리'란 존재하지 않는다. '모든 사람' 이란 말도 마찬가지야. 그 누구도 아니지. 너는 네가 들은 말만 지나치게 말해. 조금이라도 네 스스로 생각하도록 노력해 봐. 자기 생각을 표현해 보란 말이다. 처음이라 단 하나밖에 없어도 좋으니까."

처음으로 펼쳤던 자기 생각이 별로 호응을 얻지 못하자, 홍당무는 난롯불을 끄고 벽을 따라 의자들을 정리하고 벽시계에게 잘 자라고 인사를 한 후 '창고 방'이라 불리는, 지하 창고로 향한 계단 쪽에 있는 방 안으로 들어갔다. 이 방은 여름에는 시원하고 쾌적했다. 방 안에 사냥감을 넣어 두면 일주일은 족히 신선도를 유지할 수 있었다. 최근에 사냥한 토끼도 갓 잡아온 듯 신선하여 코에서 흘러내리는 피가 접시 안으로 똑똑 떨어졌다. 또한 이 방에는 암탉들에게 먹이로 줄 낟알들이 바구니마다 한가득 들어 있다. 홍당무는 그 바구니 속에 팔꿈치까지 집어넣고는 맷돌처럼 팔을 휘저으며 놀았는데, 아무리 해도 지겹지가 않았다.

평상시 홍당무는 옷걸이에 걸린 가족들의 옷을 보면서 무서운 상상을 하곤 했다. 판자 위에 가지런히 장화를 벗고 막 목을 매 자살한 사람들 같아 보였기 때문이다.

그런데 오늘 밤에는 전혀 무섭지 않았다. 단번에 침대 안으로 뛰어들지도 않았다. 달빛이 만들어 내는 그림자들도 무섭지 않았고, 창문을 통해 뛰어내리려 하는 누군가를 위해 일부러 창문 바로 옆에 파 놓은 듯한 정원의 우물도 두렵지 않았다.

무섭다고 생각하면 무서웠겠지만, 홍당무는 더 이상 생각하지 않고 있었다. 잠옷으로 갈아입으면서 붉은 바닥의 냉기를 느끼지 않고자 발뒤꿈치로 걷는 일도 잊었다.

침대에 누워 축축한 회벽에 달린 전구를 뚫어져라 바라보면서 홍당무는 계속해서 자기 생각을 펼치고 있었다. 자기만 간직해야 하기에 그렇게 이름 붙여진 자기 생각을.

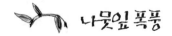 나뭇잎 폭풍

공상하길 좋아하는 홍당무는 오래전부터 큰 백양나무 꼭대기에 매달린 나뭇잎 하나를 눈여겨보아 왔다.

홍당무는 오늘도 공상에 잠겨 그 나뭇잎이 흔들리기만을 기다렸다.

그 나뭇잎은 나무에서 떨어져 혼자 자유롭게 살아가는 것처럼 보였다.

날마다 그 나뭇잎은 이른 아침의 첫 햇살과 늦은 오후의 마지막 햇살을 받으며 황금빛으로 물들어 갔다.

오늘은 그 나뭇잎이 정오부터 죽은 듯 꼼짝을 안 했는데, 잎이라기보다는 점이나 얼룩처럼 보였다. 그러자 홍당무는 조바심이 나면서 기분이 나빠졌다. 드디어 나뭇잎이 신호를 보냈다.

그 나뭇잎 바로 아래 가까이 붙어 있는 나뭇잎도 같은 신호를 보냈다. 다른 나뭇잎들도 마찬가지였다. 이어 이웃한 나뭇잎들에게 전달되어 급속히 퍼졌다.

그것은 경고의 신호였다. 지평선 너머로 밤색의 둥근 모자 앞

부분이 눈에 들어왔기 때문이다.

백양나무는 벌써부터 떨고 있었다! 나무는 움직이려고, 자신을 성가시게 만드는 무거운 대기층을 벗어나려고 애쓰고 있었다.

백양나무가 느낀 불안감이 너도밤나무에게 전해졌다. 이어서 참나무와 밤나무들에게도 전해졌고, 정원의 모든 나무들이 몸짓으로 서로에게, 지금 하늘에서 그 모자가 점점 커지고 있으며, 그에 앞서 어둡고도 또렷한 앞머리를 내밀고 있다고 알렸다.

처음에 나무들은 가는 가지들을 부추겨 새들을 조용히 시켰다.

이따금 생 완두콩 씹히는 소리를 내지르던 티티새들도, 방금 전까지만 해도 알록달록한 목을 부풀리며 단속적으로 '구구' 소리를 내던 멧비둘기들도, 또 꼬리를 연신 움직이며 '깍깍' 거리던 참을성 없는 까치들도 모두 잠잠해졌다.

이내 나무들은 그들의 거대한 촉수를 흔들며 적을 위협하기 시작했다.

납빛으로 변한 그 둥근 모자가 점점 하늘을 점령해 갔다.

천천히 하늘에 둥근 천장을 만들면서 쪽빛 하늘을 밀쳐 내고, 공기가 스며들 만한 구멍들은 모두 막아 홍당무의 숨통을 조일 준비를 했다. 그 둥근 모자는 제 무게를 주체하지 못해 곧 마을 위로 떨어질 것만 같았다. 그러다 종루 꼭대기에 와서 움직임을 멈췄는데, 뾰족한 종탑에 찔려 찢어질까 두려운 모양이었다.

이제 그 거대한 모자는 너무도 가까이 와 있다. 미처 예보할 틈도 없이 무서운 공포가 시작되고 있었다. 나무들의 아우성소리는 점점 더 커져만 갔다.

당황한 무리들과 성난 무리들이 뒤섞인 나무들을 보며 홍당무는 그 속에 있을, 둥근 눈동자와 흰 부리를 한 새들로 가득할 둥지들을 상상했다. 나무들은 땅 밑으로 가라앉는 듯하다가, 갑자기 잠이 깬 사람처럼 헝클어진 머리를 하고 몸을 일으켰다. 그러자 나뭇잎들은 떼를 지어 날아올랐다가 두렵기도 하고, 또 이미 길들여졌기 때문인지 다시 나무로 돌아와 매달리고자 애를 썼다. 아카시아의 여린 잎들은 한숨을 내쉬고, 껍질이 벗겨진 자작나무 잎들은 탄식을 하는가 하면, 밤나무 잎들은 휘파람을 불어 댔고, 기생 식물인 쥐방울 덩굴들은 벽을 따라 찰랑였다.

좀 더 낮은 곳에서는 작달막한 사과나무들이 열매를 흔들어 대며 둔탁한 소리로 땅을 마구 쳐 댔다.

그보다 더 낮은 곳에서는 까치밥나무가 붉은 핏방울들을 흘렸고, 까막까치밥나무들은 검은 잉크 방울들을 떨어트렸다.

그리고 가장 낮은 곳에서는 배추들이 술에 취한 듯 당나귀의 귀 같은 잎사귀들을 흔들어 댔고, 잘 여문 양파들은 서로에게 기댄 채 영글 대로 영근 둥근 열매를 터트렸다.

왜들 저러는 것일까? 그들이 저러는 데는 무슨 뜻이 담겨 있을까? 천둥이 치지도 않고, 서리도 내리지 않았는데. 그렇다고 번개가 치거나 빗방울이 떨어진 것도 아니었다. 그런데도 하늘은 막 소나기가 쏟아질 것처럼, 대낮인데도 나무들이 두려움에 떨 정도로 칠흑같이 어둡고 깜깜했다. 홍당무 역시 두렵기는 마찬가지였다.

이제 그 거대한 모자는 해를 완전히 가리고 하늘에 가득 펼쳐져 있다.

모자가 움직이자 홍당무는 그 정체가 무엇인지 곧 알아차렸다. 모자가 미끄러지듯 움직이는 것은 그것이 바로, 떠다니는 구름이기 때문이다. 구름이 달아나고 나면 해가 곧 다시 나타나리라. 하지만 모자는 하늘 전체를 뒤덮으면서 홍당무의 이마까지 내려와 머리를 조이는 것 같았다. 두 눈을 감자, 그의 두 눈을 내리누르는

듯 고통스러웠다.

　홍당무는 손가락으로 귀를 틀어막았다.

　하지만 그 폭풍은 그의 안으로 들어오더니 비명소리가 섞인 소용돌이를 일으켰다.

　모자는 홍당무의 심장을 거리에 굴러다니는 종잇조각처럼 그러모았다. 그러더니 마구 구기고, 굴리고, 일그러트렸다.

　그리하여 홍당무는 이제 둥글게 뭉쳐진 심장 덩어리에 불과한 존재가 되었다.

반항

I

르픽 부인 : 우리 사랑하는 아들, 홍당무! 방앗간에 가서 버터 일 파운드만 사다 주면 고맙겠다. 빨리 갔다 오렴. 식탁 차릴 동안 기다릴 테니.

홍당무 : 싫어요, 엄마.

르픽 부인 : "싫어요, 엄마."가 뭐니? "네." 해야지. 어서 갔다 와. 다들 기다리잖니.

홍당무 : 싫어요, 엄마. 저 방앗간에 안 갈 거예요.

르픽 부인 : 뭣이라! 방앗간에 안 가겠다고? 너 지금 그렇게 말한 거니? 누구에게 한 말인 줄은 알고? 너 잠꼬대하는 거 아니지?

홍당무 : 아뇨, 엄마.

르픽 부인 : 자아 어서! 홍당무, 왜 그러는지 도통 이해가 안 간다만, 아무튼 난 네게 당장 방앗간에 가서 버터 일 파운드를 사오라고 말했다.

225

홍당무 : 무슨 말인지는 알아들었어요. 하지만 안 갈 거예요.

르픽 부인 : 그럼, 내가 꿈을 꾸고 있는 건가? 이게 도대체 무슨 일이래? 아니, 내 말을 거역하다니, 너 이게 처음인 거 아니?

홍당무 : 네, 엄마.

르픽 부인 : 넌 다른 누구의 말이 아니라 바로 네 엄마 말을 거역한 거다.

홍당무 : 네, 맞아요.

르픽 부인 : 어디, 정말인지 한번 보자. 어서 갔다 와!

홍당무 : 싫어요, 엄마.

르픽 부인 : 입 다물고 어서 갔다 와!

홍당무 : 입은 다물겠지만 안 갔다 올 거예요.

르픽 부인 : 이 접시 들고 냉큼 갔다 오지 못해?

2

홍당무는 입을 다물었으나 꼼짝도 않고 그 자리에 있었다.

"너 지금 반항하겠다 이거구나!"

르픽 부인이 계단 위에서 기막히다는 듯 두 팔을 번쩍 들며 소리쳤다.

아닌 게 아니라, 홍당무가 엄마에게 "싫어요."라고 말한 건 정말 처음이었다. 엄마가 하던 일을 방해하거나 혹은 한참 놀고 있을 때 그랬다면 또 모르지만. 홍당무는 아무것도 하지 않고 그냥 바닥에 앉아 빈둥거리며 너무도 무료해서 애꿎은 손가락만 비틀어 꺾고 있지 않았던가. 그리고 지금 홍당무는 고개를 똑바로 든채 엄마의 얼굴을 빤히 바라보고 있다. 르픽 부인은 도무지 이해가 가지 않았다. 그녀는 구조를 청하듯 사람들을 불러 모았다.

"에르네스틴, 펠릭스, 얘들아 이리 좀 와 보렴. 세상에 별 일이 다 생겼다! 너희 아빠랑 아가타도 오라고 해. 다들 와서 봐야 해."

심지어 드문드문 지나가는 행인들도 무슨 일인가 싶어 가던 길을 멈추고 몰려들었다.

홍당무는 모두로부터 거리를 둔 채 뜰 한가운데 우두커니 서 있었다. 위험에 직면해서라기보다는 강해진 자신에게 놀라서 그랬지만, 엄마가 자기를 때리는 것을 잊은 것에 더욱더 놀라서였다. 순간 너무도 뜻밖의 심각한 사태가 벌어지자, 르픽 부인은 늘 쓰던 대처방식조차 까맣게 잊은 듯했다. 보통은 윽박지르며 송곳처럼 날카롭고 매서운 눈초리로 쏘아보았는데, 오늘은 그것조차 포기한 것 같았다. 그리고 화가 너무 끓어오른 나머지 속이 짓눌린 듯 입까지 달라붙어 잘 떨어지지 않았고, 겨우 몇 마디를 했는데 바람 빠진 피리소리 같았다.

"여러분, 저는 홍당무에게 자잘한 심부름을 하나 해달라고 깍듯하게 부탁했답니다. 산보도 할 겸 방앗간까지 갔다 오라고 했지요. 그랬더니 쟤가 뭐라 대답한 줄 아세요? 쟤한테 한번 물어보세요. 제가 꾸며낸 이야기라 생각할 수도 있으니까요."

저마다 과연 홍당무가 뭐라 대답했을까 짐작하느라, 홍당무는 굳이 같은 말을 반복하지 않아도 됐다.

다감한 누나 에르네스틴이 홍당무에게 다가와 나지막하게 귀엣말을 했다.

"불행을 자초하지 말고, 어서 엄마 말 들어. 이 누나가 너 사랑하는 거 알지?"

형 펠릭스는 볼 만한 진풍경이 벌어지고 있다는 생각에 아무에게도 자기 자리를 양보하고 싶지 않았다. 그는 동생이 저런 식으로 나간다면 이제 심부름을 자신이 떠맡게 될 거라는 사실은 전혀 생각지 못하는 눈치였다. 오히려 동생을 격려라도 해 주고 싶은 모습이었다. 어제까지만 해도 펠릭스는 동생을 얕보면서 물에 빠진 생쥐 취급을 했었다. 그런데 오늘은 동생이 자기와 대등하다고 여겨졌고 심지어 존경심마저 들었다. 동생의 반항을 내심 반기듯 펠릭스는 깡충깡충 뛰면서 몹시도 즐거워했다.

"종말이 오려는지 세상이 거꾸로 돼도 한참 거꾸로 됐죠. (르픽 부인이 망연자실하며 하던 말을 계속한다.) 이런 세상에서는 더 이상 살고 싶지 않아요. 전 이만 들어갈게요. 누가 제 대신 말씀 좀 하시고 저 사나운 짐승 같은 애를 길 좀 들여 주세요. 여러분, 아버지와 아들 두 사람은 남아 있을 겁니다. 부자지간에 얼마나 죽이 잘 맞는지 다들 한번 보세요."

이런 뜻밖의 사태가 벌어지자, 위기감에 사로잡혀 홍당무는 목이 멘 듯 가까스로 아빠를 불렀다.

"아……빠! 아빠가 심부름을 시켰다면 갔을 거예요. 아빠를, 아빠만을 위해서요. 하지만 엄마가 시켜서 싫다고 했어요."

르픽 씨는 엄마보다 자신을 좋아한다는 말에 좋기보다 오히려 난감해하는 듯 보였다. 홍당무의 고백이 그에게 가장의 권위를 행사하는 데 방해가 되기 때문이었다. 그 자리에 모인 구경꾼들이 홍당무에게 버터 일 파운드를 사 오게 해 보라고 할 것이 아닌가.

불편한 심기로 르픽 씨는 풀밭 위를 한동안 서성거리다 난감하다는 듯 어깨를 으쓱해 보이며 등을 돌려 집 안으로 들어가 버렸다.

이로써 이 사건은 잠정적으로 일단락되었다.

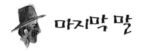 ## 마지막 말

그날 저녁, 르픽 부인은 병이 나 몸져누워 저녁식사 때도 모습을 보이지 않았다. 나머지 식구들은 식사 습관이기도 했지만 그에 못지않게 곤혹스러움을 느껴 한마디 말도 않고 식사를 마쳤다. 르픽 씨는 식탁 위에 냅킨을 접어 던지듯 올려놓으며 말했다.

"누구 나랑 오래된 옛길 위쪽까지 산책할 사람?"

홍당무는 아빠가 자신에게 직접 산책을 하자고 말하는 대신, 그렇게 우회적으로 표현하고 있음을 알아차렸다. 홍당무도 자리에서 일어나, 식사를 마치면 늘 그랬듯이 앉았던 의자를 벽 쪽으로 붙인 후 고분고분하게 아빠를 따라나섰다.

처음에 두 사람은 아무 말 없이 걷기만 했다. 피할 수 없는 질문은 바로 나오지 않았다. 하지만 홍당무는 머릿속으로 그 질문이 무엇일까 짐작하면서 그에 대한 대답을 열심히 연습하고 있었다. 홍당무는 대답할 만반의 준비를 했다. 마음이 몹시 불안하긴 했지만 아무것도 후회하지 않았다. 낮 동안 내내 감정의 동요를 심하게 겪다 보니 이제는 하나도 두렵지 않았다. 더욱이

결심한 듯 질문을 던지는 르픽 씨의 목소리조차 오히려 그에게 힘이 되었다.

르픽 씨 : 엄마를 슬프게 만들었던 너의 마지막 행동에 대해 어떻게 설명할래?

홍당무 : 사랑하는 아빠, 저는 오랫동안 망설여 왔어요. 하지만 이제는 끝을 내야겠다고 마음먹고 고백을 한 거예요. 더 이상 엄마를 사랑하지 않는다고.

르픽 씨 : 아! 무엇 때문에? 그리고 언제부터?

홍당무 : 엄마의 모든 점 때문에요. 그리고 제가 엄마라는 존재를 알았을 때부터 줄곧요.

르픽 씨 : 아, 저런! 아들아, 그건 너무 마음 아픈 얘기구나! 엄마가 너한테 어떻게 했는지 얘기나 들어 보자.

홍당무 : 얘기하자면 너무 길어요. 게다가 아빠는 아무것도 눈치 채지 못하셨잖아요.

르픽 씨 : 그랬구나. 난 그저 가끔 네 입이 튀어나와 있는 걸 보기만 했지.

홍당무 : 다들 저더러 매일 입이 튀어나와 있다고 말하는데, 그 때문에 더욱 화가 나요. 홍당무는 천성적으로 남에게 심각할 정도의 앙심을 품는 아이가 아니라구요. 다들 저를 보며 이렇게 말하죠. "쟤 입이 튀어나왔네", "그냥 내버려둬라", "화가 풀리면 제 발로 구석에서 기어 나오겠지. 인상을 펴고, 차분해져

서 말야", "너무 쟤한테 관심 가져주
는 척하지 말아요. 별것 아닌 걸로
저런대두요".

하지만 아빠, 죄송한 말씀이지만,
아빠나 엄마 혹은 내막을 전혀 모르
는 이들에게나 별것 아니지, 제겐 너
무 심각한 일이었죠. 물론 제가 가끔
체면 때문에 겉으로만 뿌루퉁해 있기도 해요. 하지만 정말이
지, 마음속 깊은 곳에서 분노가 치밀어 오르고, 모멸감을 어쩌
지 못해 그렇게 입이 튀어나올 때가 얼마나 많았다구요.

르픽 씨 : 그럼 못써. 못쓰고 말고. 그런 짓궂은 말이나 행동은
곧 잊어야지.

홍당무 : 그런 게 아니에요. 그런 뜻이 아니라니까요. 참, 아빠
는 아무것도 모르시면서. 집에 별로 안 계시잖아요.

르픽 씨 : 여행을 할 수밖에 없으니까 그렇지.

홍당무 : (거만한 표정으로) 아빠의 관심은 온통 일뿐이에요. 아
빠가 그렇게 밖으로만 나돌아다니시니, 엄마는, 이왕 드리는
말씀이니까 다 털어놓자면, 스트레스를 풀 대상이 저밖에 없었
던 거예요. 지금 제가 아빠더러 뭐라고 하는 건 아니에요. 다만
아빠가 집에 계셨다면 엄마가 어떤지 일러바쳤을 거고, 그러면
아빠가 절 보호해 주셨겠죠. 아빠가 자꾸 얘기해 보라 하시니
까, 지나간 얘기지만 털어놓을게요. 과장하는지 아니면 제대로

기억하고 있는지 곧 아실 거예요. 그런데 아빠, 좀 이른 말이긴 하지만 제게 조언 좀 해 주세요.

전 엄마랑 떨어져 살고 싶어요.

아빠 생각에, 어떤 방법이 가장 좋을 것 같아요?

르픽 씨 : 너 지금도 일년에 두 달만, 그러니까 방학 동안에만 엄마를 보잖니.

홍당무 : 기숙사에서 계속 생활하게 해 주세요. 그럼 성적도 나아질 거예요.

르픽 씨 : 그건 집안이 가난한 학생들에게만 특별히 허락해 주는 것이잖니. 사람들이 뭐라 생각하겠니. 내가 널 내팽개친 줄 알 것 아니니. 게다가 넌 너만 생각하는구나. 난 너를 보고 싶어도 볼 수가 없잖니.

홍당무 : 절 보러 오시면 되잖아요.

르픽 씨 : 그런 식으로 널 보기 위해서만 가는 거라면 돈이 너무 많이 들어.

홍당무 : 그럼, 출장을 이용하시면 되죠. 오가는 길에 잠시 들르시면 되잖아요.

르픽 씨 : 싫다. 난 지금까지 널 네 형이나 누나와 똑같이 대해 왔다. 어느 누구를 편애하지 않고 말야. 그건 앞으로도 마찬가지야.

홍당무 : 그럼, 학업을 그만두는 건 어떨까요? 아빠 돈을 훔쳤다는 핑계를 대고 기숙사에서 나와 직업을 찾을래요.

르픽 씨 : 어떤 직업 말이니? 가령, 구두수선공 집에서 견습공으로 지내고 싶으냐?

홍당무 : 뭐, 거기도 좋고 다른 곳도 좋아요. 생활비를 벌면서 자유롭게 살 수 있기만 하다면요.

르픽 씨 : 너무 늦었구나, 애야. 그래, 구두창에 징이나 박으라고 이 아비가 갖은 희생을 다해 가며 너를 가르친 줄 아냐?

홍당무 : 아빠, 제가 자살하려고 했던 적도 있었다고 말씀드려 두요?

르픽 씨 : 우리 홍당무는 과장도 잘 해요!

홍당무 : 맹세컨대, 바로 어제도 목을 매고 싶었다구요.

르픽 씨 : 하지만 넌 지금 이렇게 살아 있잖니! 그러니 그럴 생각이 전혀 없었던 게지. 그런데도 마치 자살에 실패한 것처럼 으스대고 있구나. 뭐, 자살은 아무나 하는 줄 아니. 홍당무야, 이기심은 네게 해로울 뿐이다. 넌 뭐든 네 식대로 받아들이고 있어. 세상에 덩그러니 너 혼자 남겨진 줄로만 알지.

홍당무 : 아빠, 형과 누나는 행복해요. 그리고 아빠 말씀처럼, 엄마가 더 이상 저를 심심풀이로 괴롭히지 않는다면, 저도 죽겠다는 생각은 그만둘 거예요. 아빠는 집안의 가장이시고, 모든 식구들이, 심지어 엄마조차 아빠를 무서워하고 있죠. 엄마도 아빠의 행복 앞에선 어쩔 수 없는 거죠. 따라서 세상 사람들

중에는 행복한 사람들도 분명 있다는 말이겠죠.

르픽 씨 : 고집불통 녀석, 터무니없는 얘기만 늘어놓는구나. 네가 사람들 속이 어떤지 훤히 읽기라도 했다는 거냐? 그래, 벌써 모든 걸 다 알아 버렸다고?

홍당무 : 네, 아빠. 저와 관련된 건 다요. 그리고 적어도 알려고 노력하는 중이에요.

르픽 씨 : 그럼, 홍당무야, 친구로서 하는 얘긴데, 행복을 포기해라. 내 미리 말해 두는데, 넌 지금보다 결코 더 행복할 수 없을 게다. 절대!

홍당무 : 그건 두고 봐야죠.

르픽 씨 : 아니 단념해라. 그리고 강인해져라. 성인이 되어, 그러니까 네가 너의 주인이 되면 자유로워질 수 있을 게다. 성격이나 기질은 바꾸지 못하더라도 가정은 변화시킬 수 있단다. 지금부터 그때까지 극복하도록 힘써라. 성질을 좀 죽이고 다른 사람들, 특히 너와 가장 가까이 지내는 사람들을 존중하면서 말이다. 그렇게 되면 삶이 즐거워질 게다. 그리고 뜻밖의 위안도 얻게 될 거야.

홍당무 : 그럴지도 모르죠. 모두들 나름의 고통이 있겠죠. 하지만 그들을 동정하는 일은 내일 할래요. 오늘은 제 자신을 위한 정의의 몫을 달라고 주장할래요. 제 운명보다 더한 운명이 있을라구요? 저는 엄마가 있어요. 그것도 저를 싫어하는 엄마가. 물론 저도 엄마가 싫어요.

"그럼, 나는? 나는 뭐, 네 엄마를 좋아하는 줄 아냐?"

르픽 씨가 그만 인내심을 잃고 말을 해 버렸다.

이 말에 홍당무는 두 눈을 번쩍 뜨고 아빠를 바라봤다. 르픽 씨는 안 해도 될 말까지 해 버렸다는 생각에 부끄러운 듯 입을 다물고 뒤로 물러섰다. 그의 주름진 이마와 잔주름이 가득한 눈매, 아래로 내리깐 눈꺼풀을 보고 있자니 흡사 걸으면서 잠을 자는 몽유병 환자가 생각났다.

순간 홍당무도 말을 잃었다. 그는 자신이 느낀 은밀한 기쁨, 자기 손을 꽉 쥐고 있는 아빠의 손, 이 모든 게 사라질까 봐 겁이 났다.

이윽고 홍당무는 주먹을 불끈 쥐고, 어둠 속에서 저만치 엎드려 있는 듯한 마을을 향해 큰소리로 위협하며 허풍을 쳤다.

"못된 여자! 지독하게 못된 여자! 너무너무 싫어."

"입 닥쳐! 그래도 네 엄마잖니."

르픽 씨가 그렇게 말하자, 홍당무는 다시금 순진하고 소심한 아이로 돌아갔다.

"아! 우리 엄마에게 그렇게 말한 거라고는 생각하지 마세요."

홍당무의 앨범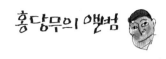

1

모르는 사람이 르픽 가족의 앨범을 펼쳐 본다면, 백이면 백다 놀랄 것이다. 누나 에르네스틴과 형 펠릭스는, 다채로운 배경에서 다양한 포즈로 찍은, 가령 서거나 앉아서, 정장 차림이나 수영복 차림으로, 또 즐거운 표정이나 찌푸린 표정으로 찍은 사진들이 앨범에 차고 넘쳤다.

"그런데 홍당무는요?"

그렇게 질문을 받으면, 르픽 부인은 으레 이렇게 대답하곤 했다.

"아, 아주 꼬맹이였을 때 사진을 많이 찍어 줬는데, 하도 예쁘니까 보는 사람마다 다 빼 가서 한 장도 안 남았지 뭐예요."

사실을 말하자면, 홍당무는 한 번도 사진을 찍어 준 적이 없었다.

2

그는 홍당무라 불렸다. 가족들은 그가 영세를 받으면서 진짜

자기 이름을 되찾을 때까지도 정식으로 부르기를 망설였다.

"왜 그애를 홍당무라 부르시죠? 머리색이 빨개서 그런가요?"

"걔는 머리만이 아니라 속도 빨갛거든요."

르픽 부인의 대답이었다.

3

홍당무의 외형적 특징 몇 가지.

홍당무의 외모는 결코 호감 가는 외모가 아니다.

홍당무의 코는 두더지굴처럼 움푹 파였고, 콧구멍도 크다.

홍당무의 귀에는 항상 귀지가 그득하다. 아무리 파내고 파내도 소용이 없다.

홍당무의 혀는 눈을 받아 먹었는지 눈이 녹아 내린 것처럼 하얗다.

홍당무는 걸을 때 양 무릎을 부싯돌 부딪치듯 부딪치며 걷는다. 걷는 자세가 좋지 않아 꼽추가 걷는 것처럼 보인다.

홍당무의 목에는 푸른색 때가 붙어 있는데, 얼핏 보면 목걸이를 한 것 같다.

끝으로 홍당무는 묘한 냄새가 나는데 분명 비싼 향수 냄새는 아니다.

4

홍당무는 식구들 중 가장 먼저 일어나는데, 하녀와 일어나는 시간이 똑같다. 그리고 겨울이면 동트기 전에 벌떡 일어나 손으로 시간을 본다. 다시 말하자면, 손가락 끝으로 시곗바늘을 더듬어서 시간을 알아냈다.

식탁에 커피와 코코아만 준비되어 있으면, 홍당무는 아무거나 되는 대로 손으로 집은 다음 선 채로 허겁지겁 아침식사를 한다.

5

홍당무는 누군가에게 인사를 하라고 시키면, 고개를 돌리고 팔을 뒤로 슬며시 뺀다. 그리고 몹시 지루해하면서 다리를 꼬고 한 손을 등 뒤로 한 다음, 벽을 박박 긁는다.

그리고 만일,

"내 뺨에다 뽀뽀 좀 해 줄래, 홍당무?"

이런 질문을 받으면, 이렇게 대답한다.

"앗! 굳이 뭘요!"

6

르픽 부인 : 홍당무, 누가 말을 걸면 대답 좀 해.

홍당무 : (한참 뭔가를 먹고 있다가) 버버버, 버버버.

르픽 부인 : 내가 몇 번이나 말했니? 입에 가득 넣고 말하면 안 된다고 했지?

7

홍당무는 항상 바지 주머니에 손을 넣고 다녔다. 르픽 부인이 다가올라치면, 혼날까 봐 서둘러 손을 빼곤 했는데 가끔 미처 못 뺄 때도 있었다. 그러던 어느 날 르픽 부인은 홍당무의 바지 주머니를, 그 안에 넣고 있는 홍당무의 손까지 통째로 꿰매 버렸다.

8

홍당무를 둘도 없는 친구처럼 대하는 대부가 홍당무에게 이렇게 말했다.

"누가 뭐라 하든, 절대 거짓말을 하면 못쓴다. 그건 아주 안 좋은 결점이야. 그리고 소용도 없단다. 항상 진실은 드러나게 마련이거든."

그러자 홍당무는 이렇게 대꾸했다.

"네, 하지만 시간은 벌 수 있잖아요!"

9

게으름뱅이 펠릭스는 얼마 전 가까스로 학교를 졸업했다.

펠릭스가 기지개를 펴면서 안도의 한숨을 쉬고 있는데, 르픽 씨가 물었다.

"뭘 하고 싶으냐? 이제 인생의 진로를 결정할 나이가 되었으니 앞으로 뭘 할지 정해야지."

그러자 펠릭스는 눈을 동그랗게 뜨면서 되물었다.

"네? 뭐라구요? 또 뭘 해야 된다구요?"

ﾒ

홍당무는 친구들과 악의 없는 농담을 나눴다.

베르트 양이 화제에 오르자 홍당무가 시를 낭독하듯 이렇게 말했다.

"그녀의 파란 눈을 보았을 때⋯⋯."

친구들이 탄성을 질렀다.

"와! 멋지다! 연애시 하면 역시 홍당무야!"

그러자 홍당무가 대꾸했다.

"아! 실은 그런 눈을 한 번도 본 적은 없어. 그냥 다른 것을 말할 때와 다름없이 말하는 거야. 이런 수식어는 흔히들 쓰는 거야."

ﾒﾒ

눈싸움을 할 때면, 홍당무는 혼자서 한쪽을 다 맡았다. 그가 하도 매섭게 싸워 대는 바람에 아이들은 고개를 설레설레 저었다.

홍당무는 눈덩어리 속에다 돌멩이를 집어넣고 던지기 때문이었다.

그리고 던질 때도 꼭 머리만 노리고 던졌다. 그러면 싸움을 빨리 끝낼 수 있기 때문이었다.

한편, 땅이 얼어 다른 아이들이 얼음을 지칠 때면, 홍당무는 외따로 떨어져 아이들이 놀고 있는 빙판 옆 비탈진 풀밭에다 작은 빙판길을 만들어 놓고 혼자 놀았다.

아이들과 말뚝박기 놀이를 할 때는 밑에 깔려 있는 걸 좋아했는데, 매번 아이들에게는 '이번이 마지막이야.' 하고 말하곤 했다.

술래잡기 놀이를 할 때는 늘 잡혀 주곤 했는데, 술래가 되건 말건 아무 관심이 없기 때문이었다.

그런데 숨바꼭질을 할 때는 너무 잘 숨어 아이들이 찾다가 그만 찾는 걸 잊곤 했다.

12

르픽 씨네 아이들은 한창 키를 재고 있었다.

얼핏 보아도, 형 펠릭스가 세 명의 아이들 중 단연 컸는데, 머리 하나 정도 차이가 났다. 반면, 홍당무와 누나 에르네스틴(여자라서 그런지)은 서로 엇비슷했다. 그래서인지 누나 에르네스틴은 키를 잴 때 발뒤꿈치를 들었다. 그러면 홍당무는 누나의 기분을 맞춰 주려고 일부러 자신의 키를 낮췄다.

홍당무는 하녀 아가타에게 이런 조언을 해 줬다.

"우리 엄마랑 잘 지내려면 엄마한테 내 험담을 해."

하지만 그것도 한계가 있었다.

르픽 부인은 자기 말고 다른 사람이 홍당무에게 손을 대는 건 용납하지 못했다.

어떤 이웃 아줌마가 홍당무를 단단히 혼내고 있는데, 르픽 부인이 달려와 화를 내면서 구해 주기도 했다. 홍당무는 그런 엄마가 너무도 고마워 얼굴이 기쁨으로 환해졌는데, 사실은 그게 아니었다.

"자, 이제 우리 둘뿐이니 각오해라!"

14

"'응석을 받아 주다!' 너 이게 무슨 뜻인지 알아?"

홍당무가 꼬마 피에르에게 물었다. 피에르의 엄마는 자기 아들을 애지중지했다.

이 질문을 받자마자 피에르는 이렇게 소리쳤다.

"내 생각에, 그 말뜻은 울 엄마가 주기 전에 내가 먼저 접시에 담긴 감자튀김을 집어 먹고, 엄마가 씨를 발라 주기 전에 복숭아 반쪽을 통째로 빨아 먹는 거지."

홍당무는 곰곰이 생각에 잠겼다.

'우리 엄마가 나를 귀여워해서 깨물어 주셨다면, 아마 코부터 깨물어 주셨겠지.'

15

이따금 노는 게 귀찮아지면, 누나 에르네스틴과 형 펠릭스는 자신들이 갖고 놀던 장난감을 선뜻 홍당무에게 빌려 주었다. 그러면 누나와 형의 행복을 일부 건네받기라도 한 것처럼, 홍당무는 겸손하게 장난감을 받아들고 자신만의 행복을 조립했다.

그러나 누나와 형이 다시 달라고 할까 봐서 결코 즐거워하는 티를 내지 않았다.

16

홍당무 : 마틸드, 내 귀 너무 길지 않니?

마틸드 : 좀 희한하게 생겼어. 나한테 빌려 줘라. 모래 넣어서 반죽해 보고 싶다.

홍당무 : 엄마한테 내 귀를 잡아당겨 달라고 하면 더 좋은데. 귀 속에서 열이 나면 반죽이 더 잘 될 거 아냐.

17

"자, 어서 결정해라! 어디 다시 한번 들어 보자꾸나! 그래, 나보다 아빠가 더 좋다고? 이건지 저건지 어서 말해 봐!"

르픽 부인이 다그치듯 물었다.

"그냥, 아무 말 않고 가만히 있을래요. 하지만 두 분 중 누구를 누구보다 더 좋아하지 않는 건 사실이에요."

홍당무가 진심에서 우러나오는 목소리로 대답했다.

르픽 부인 : 뭐하니, 홍당무?

홍당무 : 잘 모르겠는데요, 엄마.

르픽 부인 : 또 허튼 짓을 하고 있었던 게로군. 넌 항상 일부러 그러는 거지?

홍당무 : 그랬다면 더욱 가관이었겠죠.

홍당무는 엄마가 자기를 보고 웃고 있는 줄 알고, 기분이 좋아져 그 역시 웃어 보였다.

하지만 르픽 부인은 허공을 멍하니 바라보면서 그냥 자기 자신에게 웃고 있었던 거였다. 그러다 돌연 죽은 나무처럼, 어두운 눈빛과 적의에 가득 찬 표정을 지었다.

그러자 홍당무는 당황해하며 몸 둘 바를 몰라 쥐구멍이라도 찾고 싶었다.

20

"홍당무, 그렇게 시끄럽게 소리 내지 말고 좀 얌전히 웃을 수 없니?"

홍당무가 웃고 있으면 르픽 부인이 하는 말이다.

"왜 우는지 그 이유는 알아야 하지 않겠니?"

홍당무가 울고 있으면 르픽 부인이 하는 말이다.

그러나 다른 사람들과 함께 있으면 또 달라진다.

"도대체 그럼 나더러 어쩌란 말이에요? 따귀를 때릴 때도 눈물한 방울 흘리지 않는다구요."

21

르픽 부인의 어록

"공기 중의 먼지나 길가의 똥은 죄다 홍당무 거예요. 밖에 나갔다 하면 틀림없이 묻히고 오거든요."

"쟤는 머릿속에 한 가지 생각이 차면, 밖으로 빼낼 생각을 안해."

"쟤가 얼마나 거만한데요, 남들의 이목을 끌려고 자살까지도 할 거예요."

22

아닌 게 아니라, 홍당무는 자살을 시도한 적이 있었다. 양동이에 기분이 상쾌할 정도의 찬물을 넣고 장렬하게 죽고자 코와 입을 담갔는데, 귀싸대기를 맞는 바람에 그만 신고 있던 장화 위로 양동이 물이 엎어져 목숨을 유지할 수 있었다.

23

드물지만 르픽 부인이 홍당무에 대해 이렇게 말할 때도 있었다.

"걔가 절 닮아 악의가 없고, 못된 거라기보다는 어리석어요. 그리고 좀 아둔해서 뭘 제대로 배우는 게 없지요."

또 때로 그녀는 홍당무가 아무 탈 없이 잘만 자란다면 나중에 커서 부유한 청년이 될 거라고 기꺼이 인정하기도 했다.

24

홍당무는 이렇게 꿈꾼다.

"만일 내게 새해 선물로 형에게 줬던 것처럼 목마를 준다면, 올라타고 달아나 버릴 테야."

25

집 밖으로 나오면, 홍당무는 모든 것에서 초연해진 사람처럼 보이고자 휘파람을 불었다. 그러다 엄마의 시선이 느껴지면 휘파람 소리를 딱 그쳤다. 입 안에 넣고 불고 있던 몇 푼짜리 호루라기가 깨지기라도 한 것처럼 입이 몹시 아팠다.

그러나 르픽 부인이 갑자기 나타나서 좋은 점도 있었다. 홍당무가 딸꾹질을 할 때, 엄마가 나타나기만 하면 감쪽같이 딱 멈췄다.

26

홍당무는 아빠와 엄마 사이를 이어 주는 다리 역할을 했다.

"홍당무야, 이 셔츠에 단추가 떨어졌구나."

르픽 씨가 이렇게 말하면, 홍당무는 그 셔츠를 르픽 부인에게 가져갔다. 그러면 르픽 부인은 이렇게 말했다.

"이 광대 녀석, 내가 뭐 네 시중이나 들어야겠니?"

그러면서 그녀는 반짇고리를 꺼내 단추를 꿰맸다.

27

화가 난 르픽 부인이 홍당무에게 소리쳤다.

"네 아빠가 없었다면, 넌 진작부터 내게 못된 짓을 했을 게야. 이 칼로 가슴을 찌르고, 집안도 거덜내고 말이야!"

28

"코를 풀라니까."

르픽 부인이 그렇게 말할 때마다, 홍당무는 코를 풀었다. 소매 끝에 코를 대고 '쿵' 하고 아주 세게.

그러다 코가 엉뚱한 데로 튀면 슬며시 소매로 닦았다.

홍당무가 감기에 걸리면, 르픽 부인은 촛농을 마구 몸에 발라 주었다. 그러면 누나 에르네스틴과 형 펠릭스는 질투어린 시선으로 바라보았다. 그러면 그녀는 홍당무를 위한다며 일부러 이런 말을 덧붙였다.

"이건 아프기도 하지만 효과가 있단다. 감기도 빼내 주지만, 머리에서 뇌도 빼내 주거든."

29

르픽 씨가 아침부터 짓궂은 장난을 걸자, 홍당무는 화가 나 그만 심한 말을 내뱉었다.

"나 좀 가만히 내버려두세요, 이 멍청이!"

순간 일제히 찬물을 끼얹은 듯 조용해졌고, 아빠의 두 눈에선 불꽃이 활활 타올랐다.

홍당무는 말을 더듬었다. 이제 아빠의 신호, 즉 눈짓이나 손짓, 혹은 발짓 하나면 곧바로 땅 속이라도 파고들어 갈 준비가 됐다.

그런데 르픽 씨는 한참 동안, 아주 한참 동안 홍당무를 뚫어져라 바라만 보고 아무 신호도 보내지 않았다.

30

누나 에르네스틴이 곧 결혼을 하게 되었다. 그래서 르픽 부인은 에르네스틴에게 홍당무의 호위를 받는 조건으로 신랑감과 함께 산책해도 된다고 허락했다.

"먼저 앞서 가. 깡충깡충 뛰면서!"

누나가 말했다.

홍당무는 앞서 갔다. 가능한 깡충깡충 뛰고자 노력했다. 바둑이처럼! 그러다 깜박하고 속도를 늦췄는데, 본의 아니게 뒤에서 몰래 나누는 뽀뽀 소리를 듣게 됐다.

홍당무는 헛기침 소리를 냈다.

이 일로 홍당무는 신경이 예민해졌는지, 마을의 십자가상 앞에서 땅바닥에 모자를 집어던지고, 발로 마구 밟으며 이렇게 소리를 질렀다.

"아무도 날 결코 사랑하지 않을 거야. 아무도!"

그 순간 르픽 부인이 담장 뒤에서 고개를 내밀고, 입가에 미소를, 그것도 끔찍한 미소를 지어 보였다.

그러자 홍당무는 어쩔 줄 몰라 하며 이런 말을 덧붙였다.

"엄마만 빼놓고."

『홍당무』, 문학 소년의 꿈을 키웠던 작가의 성장 소설

이기적이고 괴팍한 성격을 지닌, 어찌 보면 우스꽝스런 희극배우 같은 엄마와 무뚝뚝하고 가정 일에는 무관심하며 밖으로만 나돌아 다니는 아빠, 동생을 우습게 알고 골려 주는 형과 겁이 많고 소심하지만 가족 중에서 그나마 동생을 생각해 주는 누나. 이런 가족 환경 속에서 자라난 주인공 홍당무는 못생기고 고집불통에다 일찌감치 인생의 쓴맛(애정이 결핍된 인간관계)을 본다.

찌는 듯한 무더운 여름에도 냉기가 철철 흐르는 부모의 방처럼, 홍당무의 가족은 어색한 침묵과 대화가 단절된 생활이 오래 전부터 일상으로 굳어져 버렸다. 이런 삭막한 집안 분위기 속에서 자란 홍당무는 늘 식탁 밑 한쪽 구석에 앉아, 혹은 텅 비어 있는 좁고 낮은 토끼장에 처박혀서 혼자만의 공상을 펼치며 비로소 편안함을, 삶의 위안을 느낀다.

모파상, 에밀 졸라 등과 같이 프랑스 사실주의와 자연주의의 계보를 잇는 작가 쥘 르나르(1864~1910)는 실제 홍당무와 유사한 어린 시절을 보냈다. 쥘 르나르와 모친과의 관계는 극도로 어려웠고, 그의 어머니는 작품 속 르픽 부인만큼 잔인하지는 않았지만 아들에 대해 애정이 없었다. 르픽 씨 역시 작가의 부친 모습을 많은 부분 그대로 옮겨놓은 인물이다. 매우 신중한 사람이었으나 사냥과 낚시에만 푹 빠졌고, 아내에 대해 전혀 애정이 없었다. 그의 부친은 아내의 아름다운 외모에 끌리어 결혼했으나 곧 그녀의 괴팍한 성격에 실망하여 불행한 결혼생활을 보냈다.

쥘 르나르가 자신의 불우한 유년시절을 바탕으로 쓴 작품이 『홍당무』다. 하지만 『홍당무』는 허구(fiction)로 이루어진 창작물이기도 하다. 작품 곳곳에 지나치게 과장된 듯한 이야기들(〈실례한 이야기〉, 〈요강〉)은 작가의 유년시절 체험과는 무관한 순수 창작물이다. 또 실제 어린 쥘 르나르는 홍당무처럼 집안의 놀림감도 아니었고, 그의 학창시절 성적은 매우 뛰어났으며, 부친과의 관계도 매우 긴밀했다.

『홍당무』의 구성

『홍당무』가 하나의 완전한 작품으로 구성되기까지의 과정을 살펴보면 이렇다. 총 49개의 장(章)으로 구성된 『홍당무』는 단번에 쓰인 것이 아니라, 수년간의 구상과 창작 과정을 통해 서서히 빚어진 작품이다.

오랜 기간에 걸쳐 점진적으로 쓰였기에 작가 자신도 일기 속에서 『홍당무』가 지닌 결함을 이렇게 토로한 적이 있다. "『홍당무』는 불완전하고, 구성이 잘못된 좋지 않은 작품이다. 이따금 간헐적으로 쓰였기 때문이다."(1894년 9월 21일자 일기) "그건 하나의 작품이라기보다는, 어디서든 만날 수 있는 누더기를 걸친 영혼을 늘어놓은 것에 불과하다."(1894년 9월 10일자 일기)

그러면서도 작가는 일기에서 『홍당무』가 지닌 장점을 이렇게 적고 있다. "『홍당무』는 여러 개의 조각들로 이루어졌다. (작품으로 만들고자) 구성되어진 존재가 아니라, 스스로 존재하는 존재다. 나는 (『홍당무』를) 정리하고 재단할 수 있었지만, 일부러 그렇게 하지 않았다."(1899년 7월 16일자 일기)

우리는 『홍당무』에서 일정한 (구성적) 질서를 확인할 수 있다. 〈멱감기〉까지의 장들은 가족간의 관계를 다루고 있다. 그 다음은, 르픽 가족들이 사회적 환경과 맞부딪히면서 겪는 일들(하녀들을 소재로 다룬 〈오노린〉과 〈아가타〉, 장님 거지를 다룬 〈장님〉)을 들려주고 있다.

그 후, 홍당무가 학교를 가게 되면서 학교와 집을 오가면서 겪은 일들(〈왕복〉, 〈이잡기〉), 학교생활(〈펜대〉, 〈붉은 뺨〉), 방학 때 집이나 대부의 집에서 보낸 일화들(〈대부〉, 〈샘물〉, 〈자두〉)이 펼쳐진다.

그리고 점차 홍당무가 가족, 특히 엄마라는 위압적이고 어두운 그림자에서 벗어나 자기 생각을 키우며 차츰 자립해 가는 모습(〈마틸드〉, 〈자기 생각〉, 〈반항〉)이 나타난다. 아울러 에필로그에 해당하는 마지막 장(〈홍당무의 앨범〉)을 보면, 홍당무의 이야기가 끝나지 않고 앞으로도 계속해서 전개될 것이라는 여운을 남기고 있다.

홍당무가 그리는 세계

가족과 자연, 세상에 대해 눈떠 가는 소년의 이야기

　실제, 『홍당무』의 구성적인 면에서 느슨한 면모를 지닌 것은 오히려 아이의 관점을 살리고, 더디게만 느껴지는 유년기와 해방(부모의 속박에서 벗어나기)의 어려움을 느끼게 해 주려는 의도에서 비롯된 것이다. 『홍당무』는 전적으로 어린 소년 홍당무의 시각에서 전개된다. 그리고 소년 홍당무의 꿈, 공상, 유머와 생각 등이 두서없이 펼쳐진다. 홍당무가 모르면 모르는 대로, 알면 아는 대로 독자들은 그의 시각을 따라 그의 세상을 이해할 수밖에 없다. 이처럼 어린아이의 시각을 택했다는 것은, 작가가 복잡한 심리 분석을 펼치는 여타 소설들과는 달리, 이야기를 단순하게 전개시킨다는 장점이 있다.

　작가는 표면적으로 보면 그의 견해를 전혀 보여 주지 않은 채, 아이의 시각과 감정만을 읽을 수 있을 뿐이다. 한데 이런 어린아이의 시각은 매우 신선한, 이제까지 어른의 눈으로는 매우 당연하게 여겨 오던 것들을 전혀 새롭게, 낯설게 받아들이도록 만드는 장점이 있다.

또한, 홍당무에게 걸핏하면 매질을 하는 르픽 부인의 냉혹함은 당시 가정교육의 풍토로도 이해될 수 있고, 부부간의 불화에 기인한 것으로도 받아들일 수 있다. 이같은 이중의 해석 중 어느 쪽을 택할 것인가는 순전히 독자 스스로의 판단에 달렸다.

사실, 『홍당무』를 통해 작가가 의도했던 바는 한 가족의 모습을 희화화시키면서 예민한 감수성을 지니고, 내적으로 모순된 한 존재의 초상화를 그리는 것이었다. 거칠고 낯선 행동을 일삼는 한 어린 아이의 모습을 통해, 그 안에 잠재된 어른, 완전히 독립된 한 존재를 이해하는 것. 이것이 작가가 홍당무를 통해 추구했던 바다.

1894년 쥘 르나르가 『홍당무』를 발표했을 때, 프랑스의 주요 문학잡지들은 일제히 상당한 지면을 할애해 작품이 지닌 영향력과 문체의 독창성에 주목했다. 간단명료하면서 정곡을 꿰뚫는 작가의 글은 당시에나 지금의 시각에서나 매우 신선하다. 겉으로는 어린아이의 순수한 시각을 빌려 이야기를 하고 있지만 가족들 간에 존재하는 뒤틀리고도 억눌린 인간 본연의 심리를 냉혹할 정도로 적나라하게 그렸기 때문이다.

작가가 살아 있을 당시부터 이미 재판에 재판을 거듭하면서 『홍당무』와 작가의 명성은 높아 갔다. 쥘 르나르는 시골을 더 좋아했지만 파리의 사교계에 자주 드나들면서 본의 아니게 '홍당무' 로 소개받기도 했다.

1894년 그는 "홍당무 덕분에 내 삶이 배가 되었다고 할 수 있다."고 말했다. 그리고 1910년 그가 남긴 마지막 일기에서도 홍당무를 자신과 동일시했던 속내를 읽을 수 있다.

당시 병을 앓고 있던 작가는 병에 지친 심기를 적으며, "내가 홍당무였던 때처럼 이것(아픔)도 이불 속에서 저절로 말라 가리라."란 말을 유언처럼 남겼다.

좁고 낮은 토끼장 구석에 앉아 '어두운 굴속에 사는 토끼의 영혼으로'(〈토끼장〉) 그만의 공상 세계 속에 잠겼던 홍당무. 그처럼 어둡고 불우한 유년의 동굴을 벗어나 드넓고 눈부신 세계처럼, 나름의 시각과 문체로 그만의 문학 세계를 펼쳤던 작가 쥘 르나르. 이 둘은 지금도 계속해서 조우하고 있다. 독자라는 하나의 마음속에서, 처음에는 셋이 되었다가, 둘이 되었다가, 결국엔 하나가 되면서 말이다.

『홍당무』의 작품 세계
19세기 프랑스 중산층 아이의 눈으로 본 '인생'이라는 슬픈 자화상

『홍당무』는 19세기 중산층 가정의 실체를 가감 없이 적나라하게 그린 사실주의 문학의 중대한 성과다. 작품 전반에 흐르는 체념의 미학, 이것은 프랑스의 산업혁명 이후 급부상하고 있던 중산

층에 대한 신랄한 고백이자 프랑스 문화를 이해하는 중요한 코드이기도 하다.

홍당무의 아버지 르픽 씨가 말하는 "너는 절대로 지금보다 행복해지지 못할 거다. 절대로, 절대로." 라는 단정적인 말. 삶에 대한 무섭고도 슬픈 진실을 단정적으로 발설해 버리는 르픽 씨의 이 단언은 결국 희망과 달콤함은 애초부터 존재하지 않았다는 프랑스 사실주의의 한 극단을 보는 것 같아 독자들의 마음을 불편하게 한다.

냉혹한 현실을 그대로 받아들이기에 홍당무는 아직 너무나 철없고 어리다. 그래서 이 작품에서 벌어지고 있는 상황은 황당할 정도로 희극적이면서도, 너무나 비극적인 가정 내 슬픈 자화상이다. 어린 홍당무는 작품 속에서 자신을 객관화시키지도, 합리화시키지도 못한 채 그저 주어진 상황에 당혹해하면서도 이를 어떻게든지 자신의(유년기의) 방식으로 헤쳐 나가고자 하는 데 또 다른 비극이 있다.

그런데 여기서 한 가지 눈여겨 볼 점은 근원적인 슬픔을 안고 있는 홍당무의 불행은 외부가 아닌 자기 내부에 있다는 점이다. 홍당무는 19세기의 부유한 중산층 가정에서 태어났고, 똑똑하며, 학교에서도 자신의 외모 콤플렉스—주근깨와 심한 빨강머리—로 친구들로부터 별다른 따돌림을 당하지 않는다. 그보다는 집안에서 어머니와 형, 누나에게 날마다 상처를 입고, 스스로 주어진 혹독한 환경을 극복하지 못해 고립돼 갈 뿐이다. 근본적인 홍당무의 불행은 무엇보다도 세계를 인식하는 그의 닫힌 태도에서 비롯된다. 즉, 그는 자신에게 다가오는 모든 상황을 두려워하며 스스로에게 '어떻게 이 난처한 상황을 극복해야 할지'를 되묻곤 한다. 주변 관계 속에서 친화력이 결여된 생활로 인해 홍당무의 삶은 점점 더 힘들어진다.

작품 속에서 주인공 홍당무가 겪게 되는 매 순간 순간은 그 자체로 그의 자존심을 꺾는 아픈 가시가 되고, 현실의 희망이나 기대를 저버리게 하는 혹독한 인생 그 자체가 된다. 그럼으로써 홍당무는 아주 일찍이 세상은 결코 달콤하거나 따뜻하지 않다는 것을 몸소 체득하면서 서서히 이 무섭고 불합리한 현실을 타파해 나가기 위해 교활함과 사악함으로 맞서게 된다. 그러면서 그의 감성은 점점 메말라 가고 영혼은 황폐하고 잔인해져 간다. 그렇게 한 인간은 아이에서 어른이 되면서 개인주의 성향이 점차 뚜렷해진다.

작품 속에서 주인공 홍당무뿐만 아니라 다른 등장인물 어느 누구도 자신에게 주어진 상황을 지배하고 극복할 만큼 충분히 행복한 삶을 경험하지 못했다. 그들도 홍당무와 주어진 상황만 다를 뿐 각자가 세상과 상황, 가족관계에서 비정상적으로 뒤틀려 있다.

그런 의미에서 이 책은 인간에게 주어진 인생에 대한 지독한 독설이며 고통의 고백록이다. 작품 속에서 홍당무는 인간이 지닌 원초적 불행을 총체적으로 드러내고 있는 주요 인물일 뿐이다. 이는 극단으로 치닫는 작가의 염세주의를 드러내는 작품의 한 경향이기도 하다. 작품 속 주인공 홍당무는 자신에게 다가온 불합리한 상황을 대처해 가며 본의 아니게 때 이른 체념과 불행, 슬프고 신산한 삶의 모습에 맞닥뜨리게 된다.

하지만 이 책은 단순한 슬픔보다 훨씬 더 복잡하고 풍부한 인생에 대한 소묘로 가득하다. 여기에는 작품 속의 우스꽝스런 상황들이 희극적인 요소를 드러내며 주인공의 서글픈 현실인 비극적 요소와 팽팽하게 뒤엉켜 있다. 이를 통해 주인공의 순진함과 교활함, 쾌락과 고통이 씨줄과 날줄로 교묘하게 직조되고 있다. 때로는 지나치게 잔인할 정도로 신랄한 대화가 작가 특유의 적절한 재치와 유머러스한 대화의 옷을 입으며 무어라 설명하기 힘든 이 작품만의 독특한 페이소스를 자아내게 한다. 이래서 이 소설을 우리는 언뜻 희극이라고도 동화라고도 부르지 못한다. 그저 그렇게 이름 붙여도 된다면 '뒤틀린 동화' 내지는 '울 수도 웃을 수도 없는 희비극'이라고나 할까.

쥘 르나르는 『홍당무』를 동화로 쓰지 않았다. 단지 아이의 눈을 빌려 부르주아 가정이 갑작스럽게 부상하고 의무교육이 확장되면서 아이가 관심의 중심에 놓이게 된, 그 시대(19세기 말)의 문학이 줄지어 쏟아내던 '천사 같은 아이'의 이미지들을 파괴하려 했을 뿐이다. 다시 말해서 『홍당무』는 당대 사실주의 문학가의 잣대로 그린 대단히 현미경적인 가정 소설이라고 할 만하다.

이 작품을 통해 작가는 교훈적이거나 도덕적인 주제를 전혀 말하지 않는다. 작품의 결말도 권선징악이나 해피엔딩이 없다. 작품 속 등장인물들에게선 애정도, 열정도, 행복한 마음도 찾아볼 수가 없다. 모범적인 주인공의 면모는 그 어디에도 없다. 심지어는 또래 아이들에게서 흔히 찾아볼 수 있는 용기나 의지, 자신감, 미래에 대한 확신 같은 것도 없다. 그보다는 어린아이답지 않은 불결함과 동물들을 대함에 있어서의 잔인함, 잔혹한 놀이근성 등 위악적이고 비인간적이기까지 한 섬뜩한 꼬마를 만나게 될 뿐이다. 그러면서 작가는 이렇게 말한다.

"아이의 복잡하고 양면적인 감정들을 보여 줌으로써 아이는 어른과 마찬가지로 악덕과 미덕을 동시에 지닌 복잡한 인격체라는 것을 증명하고자 했다. 그리고 그 인격체는 곧 '인간', 보편적 인간이다."

쥘 르나르가 활동한 프랑스 사실주의 문학의 세계

쥘 르나르가 문학 활동을 했던 19세기 후반의 프랑스는 정치적으로는 나폴레옹의 제2제정 시대였다. 당시 나폴레옹이 취했던 '질서와 안정 제일주의'라는 국정 운영 방침은 상업과 공업의 놀라운 발전을 가져왔고, 프랑스 국민의 마음에 실리주의적인 사고를 깊이 뿌리박았다. 전 시대의 낭만주의적 기풍이랄 수 있는 꿈과 모험과 명예보다는 안일과 평온과 일상생활의 안정을 소중히 여기는 기풍이 사회인심을 지배하게 된 것이다.

따라서 종교적 신앙에 대한 과학적 실증주의의 우세, 정신적 관심에 대한 물질적 관심의 우세, 사회문제에 대한 정치문제의 우월이라 할 만한 정신들이 당시 프랑스의 사회상을 반영하고 있었다.

사상에 있어서는 콩트의 실증철학이 주류를 이루어, 추상적인 개념보다는 실험적 방법에 의거해서 완전한 인식을 세우는 철학 사조가 지배적인 사상으로 자리잡았다.

과학에 있어서는 심리학이나 수학 대신에 생물학과 사회학이 발달했고, 예술은 사회적 기능을 의식하고, 현실과의 접촉을 다시 꾀하게 되었다.

이러한 당대의 사상과 과학, 예술의 영향을 당대 문학에서도 고스란히 물려받았던 바, 이 시대 문학의 특징은 전대의 낭만주의 문학과는 판이하게 다른 문학적 태도를 보여 주었다. 즉, 과학적인 공평한 태도를 견지하고, 이지적 실증을 찾아 객관주의·비개인성을 존중했다. 이 점에 있어서 사실주의는 과거 고전주의를 방불케 하나, 고전주의는 '양식', 또는 '이성'을 숭배한 데 비해, 사실주의는 과학에 의거했다.

사실주의·자연주의 시대는 1850년경에 시작된다. 그러나 사실·자연파의 시조로 불리는 발자크의 『인간희극』은 이미 1829년부터 발표되기 시작했으며, 스탕달의 『적과 흑』이 1831년에 발표됨으로써 벌써 20년 전부터 낭만주의에 사실적 특색이 가해져 왔다. 예리한 심리관찰, 객관적 냉정, 투철한 현실파악 등의 새로운 요소가 낭만주의를 정색하고, 또는 변색까지 시켜 오던 끝에 1857년 그때까지 미지의 인물이었던 플로베르가 『보봐리 부인』을 출간함으로써 마침내 낭만주의의 결정적인 종언과 사실주의의 등장 사이에 뚜렷한 선을 그어 주었다. 여기에 1865년에 공쿠르 형제의 『제르미니 라세르퇴』가, 1866년에는 졸라의 『테레즈 라캥』이 연이어 나와 사실주의의 지반을 더욱 견고히 했다.

사실주의라는 명칭이 유래하게 된 문예잡지 《리얼리즘(1856년 11월~1857년 4월)》에서 에드몬드 듀런티는 "리얼리즘은 현시대의, 그리고 그 사회 환경의 적확하고 완전하고 진솔한 재현을 주장한다."라고 말했다.

한편 졸라는 실험소설론에서 "요컨대 우리는 성격에 대해, 정열에 대해, 사건에 대해, 또 사회의 사상(事象)에 대한 절개수술을 가해야 한다. 화학자나 물리학자가 무기물에 대해서 하듯, 결정론이 모든 것을 지배한다. 과학적 연구, 실험적 추리야말로 이상주의의 가상(假想)을 낱낱이 싸워 뺏고, 순공상(純空想) 얘기를 관찰과 실험의 얘기로 환치하는 것이다."라며 자연주의 문학론에 대한 선언을 한다.

이상 두 인용문은 사실주의와 자연주의와의 상이한 면을 단적으로 말해 준다.

사실주의는 결국 현실의 총체적이고 충실한 '재현'만을 의도하는 예술이요, 따라서 '기록적 소설'에 만족하는 반면에, 자연주의는 과학적 방법에 의거해 어떤 결론을 내리려는 뜻에서 '실험적 소설'을 창조한다. 사실적 소설이 경험과 관찰과 체험에 입각하는 데 반해, 자연주의 소설은 거기에 다시 실험과 해부를 가해, 판단하고 결론을 내린다.

19세기 후반에 작가로서의 삶을 시작한 쥘 르나르는 플로베르, 모파상 등의 자연주의 소설에 심취했으며, 빅토르 위고와 보들레르의 영향을 많이 받았다. 그러나 그는 지나치게 세부묘사에 치중하는 당시 자연주의적 경향을 극복하고, 군더더기를 없앤 절제된 문장으로 프랑스 문학계에서 주목을 받게 된다.

르픽 집안의 생활 형태는 돋보기로 관찰된 듯 당대의 사회를 반영하고 있다. 작가 쥘 르나르가 살았던 19세기 말 프랑스는 산업화로 인해 농촌 인구의 집단 이동, 즉 도시를 향해 많은 사람이 급격하게 이동하는 시기였다. 홍당무의 가족은 이런 사회변화 속에서 점차 몰락해 가는 소자본가인 농촌 가족으로 살아가고 있다. 이와 같은 조건은 전체적으로 어두운 분위기를 드리우고 있는 홍당무의 가족관계에 반영되어 있다. 쥘 르나르는 이런 혼돈의 시기에 정치적으로 공화국을 찬성하고 사회주의를 지지했다. 그의 성향은 삶의 비참함에 눈을 돌려, 있는 그대로의 현실을 작품 속에 담으려는 참여 작가의 면모로 나타났다. 현실을 묘사할 때 장식적인 요소를 배격하고 작중 인물의 심리 상태를 과장되게 기술하지 않고 명확하고 간결하게 진실을 말하고자 애썼다. 직접적인 비판보다는 익살을 곁들여서 평범한 사람들의 가슴에 닿는 메시지를 전달하고자 했다. 이처럼 프랑스 사실주의의 충실한 재현을 꿈꾸었던 쥘 르나르의 『홍당무』는 작가의 문학관을 가장 잘 보여 준 역작이라는 평가와 함께 지금까지도 전세계 독자들로부터 가정 소설이자 성장 소설의 고전으로 꾸준히 사랑받으며 세대를 이어 읽히고 있다.

홍당무 초판
(Poil de Carotte, 1894)

영화 〈홍당무, 1932-Julien Duvivier〉의 포스터
홍당무의 목에 올가미를 씌우는 장면이 섬뜩하리 만큼 인상적이다.

쥘 르나르 (Jules Renard, 1864~1910)

❋1864년

1864년 2월 22일 마이엔 주(프랑스 중서부에 위치)의 샬롱-뒤-맨에서 '우연히' 태어난다. '우연히'라고 표현한 이유는 당시 부친이 샬롱에서 철도 건설 공사의 감독 일을 맡고 있어 가족들도 함께 그곳에 살았기 때문이기도 하지만, 후일 부친이 그에게 "원하지도 않았는데 네가 세상에 왔단다."라고 말할 정도로 부모 사이가 안 좋았기 때문이다.

참고로 그의 부모는 1854년에 결혼했는데, 나이차가 12년이나 되었고 성격도 부친은 조용한 반면 모친은 괴팍하여 사뭇 달랐다. 이들의 첫째 딸 아멜리는 안타깝게도 태어난 해에 바로 사망했고, 이듬해인 1859년에 태어난 둘째 딸에게 부모는 다시 아멜리란 이름을 붙여 주었다. 1862년에는 셋째인 장남 모리스가 태어났고, 1864년 마침내 막내인 피에르-쥘, 즉 쥘 르나르가 태어난 것이다.

❋1866년

두 살 되던 해인 1866년 르나르의 가족은 부친의 고향인 니에브르 주(프랑스 중동부에 위치)의 쉬트리-레-민느에 정착한다. 이후 줄곧 이곳에서 성장했으며, 쉬트리에 대해 이렇게 말할 정도로 대단한 애착을 가졌다. "나는 쉬트리-레-민느의 아이라고 말할 수 있다. 적어도 마음으로는 그렇다. 바로 이곳에서 나의 첫인상들이 생겨났기 때문이다."

⚜1875~1881년

1875년 느베르의 생루이 학교에서 기숙사 생활을 하며 중고등학교 과정을 밟는다. 이 시기 루소의 『고백록』과 위고, 플로베르, 모파상 등의 작품을 접한다.

1881년 대학입학자격시험인 바칼로레아 1차 시험에 실패한 이후, 파리의 샤를마뉴 고등학교에서 수사학과 철학 과정을 밟는다.

⚜1883년

바칼로레아 2차 시험에 통과하지만 고등사범학교 준비는 포기한다. 이때부터 글을 쓰고 많은 책들을 읽으며 파리의 문학 카페들을 드나들었고, 작은 문학잡지들에 글을 싣기 시작한다.

⚜1885년~1886년

1885년 『마을의 범죄』를 집필하기 시작한다. 같은 해 11월 부르주에서 1년간 군복무를 한다.

1886년 여러 신문과 잡지에 일자리를 찾거나 글을 기고하며 처녀작인 시집 『장미』를 출간한다.

⚜1888년

1888년 4월 당시 17세의 마리 모르노와 결혼을 하고 파리에 정착한다. 결혼을 하고 나자 재정적으로 생활이 많이 나아졌다. 아내가 가져온 결혼 지참금으로 『마을의 범죄』를 출간하고, 이 책을 부친에게 헌정한다.

⚜1889년~1891년

1889년 2월 장남인 장-프랑스와가 태어난다. 이때부터 『홍당무』를 집필하기 시작한다. 같은 해 젊은 작가들과 함께 상징주의 계열의 잡지 《메르퀴르 드 프랑스》를 창간한다. 이 잡지를 통해 기사와 문학 비평을 실은 것은 물론이고 여러 작품들을 썼고, 이들 작품 중 1890년에 『새침한 미소』를 출간한다. 이때부터 그는 알퐁스 도데, 공쿠르 형제 등 많은 작가들이나 유명한 예술가들과 잦은 교우를 가졌고, 1891년 12월 당대의 주요 일간지인 《질 블라스》에 참여하기 시작한다.

✜1892년

2월 『부평초』를 출간하고 이때부터 자신만의 독특한 작가적 위치를 점하게 된다. 같은 해 3월 둘째인 쥘리-마리 르나르가 태어난다.

✜1894년~1896년

1894년 『포도밭의 재배인』과 『홍당무』를 출간한다.

1896년부터 매년 쉬트리-레-민느 인근에 위치한 쇼몽에 집을 빌려 일 년 중 여러 달을 그곳에서 보낸다. 『박물지』와 『여주인』을 발표하면서 일반 대중에게 명성을 얻게 된다.

✜1897년~1900년

1897년 6월 병을 앓던 부친 프랑스와 르나르가 권총 자살을 한다.

1900년 2월에는 형인 모리스도 심장발작으로 사망한다. 같은 해 5월 쇼몽의 시의원에 선출되고, 8월 레지옹 도뇌르 훈장을 받는다.

✜1904년~1908년

1904년 4월 쉬트리의 시장으로 선출되고 1908년에도 재선된다.

1907년에는 아카데미 공쿠르의 회원으로 선출된다.

1908년 쉬트리에 있던 옛집에 정착하기로 결심한다. 『잡담』과 『라고트』를 출간한다.

✜1909년

『편협한 시각을 가진 여자』를 출간한다. 8월 모친(『홍당무』에서는 르픽 부인으로 묘사된)이 쉬트리 집에 있던 정원의 우물에 빠져 사망한다. 우연한 사고였는지 아니면 자살이었는지 정확한 사인은 밝혀지지 않았다.

✜1910년

5월 22일 향연 46세의 나이에 동맥경화로 파리에서 사망한다.

✜1919년~1927년

『쥐며느리』(1919년), 『일기』(1925-27년) 등 사후 유작들이 연이어 출간된다.